KB096577

어마어마해

어마어마해

발 행 | 2022년 12월 14일
저 자 | 강가에
펴낸이 | 한건희
펴낸곳 | 주식회사 부크크
출판사등록 | 2014.07.15.(제2014-16호)
주 소 | 서울특별시 금천구 가산디지털1로 119 SK트윈타워 A동 305호
전 화 | 1670-8316
이메일 | info@bookk.co.kr

ISBN | 979-11-410-0647-1

www.bookk.co.kr

어마어마해

강가에 지음

목차

마음 이야기

결과물이 없어서　　　　　마음 저울
무궁무진해　　　　　　　선택
나사를 하나 뽑아 버려요　편한 게 좋아져
원수지간　　　　　　　　내게 올 사랑
걱정이 태산　　　　　　사랑 반성문
눈물까지는 아니고　　　연결고리
나 홀로 세상에　　　　움직여
꽃길　　　　　　　　　기적
인연의 열쇠　　　　　흘러간다
경고　　　　　　　　시든 그녀
소리 없는 이별　　　시들시들
결국은 보고파서　　금의환향
덩그러니　　　　　금실 좋은 나무
드문드문　　　　　남자의 비
절반의 사랑　　　청춘으로 가는 길
온통 너라서　　　사는 게 이벤트
마음을 곱게 접어서　당연한 줄 알았습니다
이해와 이해가 만나　사랑 향
툭 치면 또르르　　느림보 청춘
성숙　　　　　　인생작
다시 혼자　　　발걸음
빈 가슴　　　　인생은 코미디
마음의 창　　　아픈 세월
위로　　　　　허무한 청춘이다
우리 엄마　　　열심히 살아온 우리 모두
우리 아빠　　　마음이 부자

연
믿어요
당신에게로
아가야
소년의 길
그래 그렇게
당신이 열쇠
땅에서 만난 별
진심
커피 향 669번지
사랑만있섬
이별학과 05학번
업보
돌 틈 여행
사랑합시다
이별 지우개
2월에 내리는 눈
여름 낙엽
굳이
서툰 고백
못된 안부
어느 순간에도 사랑은 있다
이 카페는 별
너는 나, 나는 너
다시 만나면
날개 젖은 새

인생 난이도
사랑의 표시
사랑 계산법
짧은 인사말
촛불
다른 세상
좋은 사람
별 그리고 달
예언
왜
마음의 속도
변치 마오
흑진주
비바람
먹구름
자화상
기다림
보이지 않은 것들
치유
1번의 역할
단절보다는 친절
백수라고 무시 마라
좋은 게 좋은 거지
인생 배전함
마음의 눈
귀인

결과물이 없어서

나를 상징하는 표시도 없고
나를 인정하는 상장도 없다 보니
단지 자료가 없다 보니
나도 나를 설명하기 어려운 느낌 아닐까요?
결과물에 연연하지 마요
당신에게 이름이 있듯이
그 자체만으로 빛나요
소중한 그대여

무궁무진해

소리 내어 자신을 칭찬해 봐요
나는 무궁무진하다고
이런 내 매력은 꽁꽁 숨겨놨다가
적재적소에 짠! 보여줄 거야
기대해도 좋다고

나사를 하나 뽑아 버려요

나사 하나를 풀어서
휙 던지고
약간은 엉성한 상태로
사람을 만나고
약간 모자란 듯이
이야기를 하고
아주 약간 어설프게
행동을 해보니
단순해진 기분과 동시에
일상에 재미가 생겨나요
꼭 해봐요

원수지간

원
수
지
간

원망하지 마
수많은 너의 능력으로
지긋지긋한 미운 사람을
간단하게 이겨봐

걱정이 태산

일어나지도 않은 일을
예상하고 싶고
곧 밝혀질 일들을
상의하고 싶고
뻔히 일어난 일의 속뜻을
알아내고 싶은 심정
이해해요
그런데 벗어나요 이제

눈물까지는 아니고

울 일은 아니지만
울적하죠
딱히 나쁜 일은 없지만
괴로운 거죠
별로 좋은 일이 없어서 그래요
만들면 되잖아요
내가 뭘 원하는지 정도는
알아두는 것이
자신을 사랑하는 법

나 홀로 세상에

혼자서는 태어날 수 없었으니
세상에 혼자는 아닙니다
그러나 문득
혼자처럼 느껴진다는 건
내가 혼자만의 공간에 너무 있었다든지
사람들 속으로 적극적으로 나서지 않았다든지
분명 이런 이유가 있다는 점
결국은
내가 나를 가두었기에
혼자가 되었다는 점

꽃길

좌로 우로 동서남북
님은 어디쯤에 있을까

날 기다릴 리 없겠으나
마치 오늘 약속한 사람처럼

초대받지 않았어도
오랜 약속 지켜야 하는 듯이

님 머문 자리 서성이는 건
보고픈 마음 달래는 나만의 치유

엽서 같은 구름이 낀 하늘은
그대가 행복하니 안심하라죠

바람에 큰 나무가 흔들리면
그대 마음도 흔들리니 용기 내라죠

혼자서 사랑해도 결코 외롭지 않은

인연의 열쇠

내가 보낸 편지에
단지 물음표 하나 그려놨는데
돌아온 당신 편지는
느낌표 하나로 답을 해주네
여러 말 필요 없이
사랑 표시 하나면 되는 당신의 마음
이해하는 나조차도 신기하네

경고

소리 없이 남겨놓은 말
표정 없이 하려는 말
이대로 더는 안돼요
더 이상 이해 못 해요
행동 없이 하려는 말
힘을 빼고 소리칠 말
이조차 더는 싫어요
더 이상 용서 안 해요
사람과 사람이 만나 사랑의 약속을 하고
어쩌다 그대와 나는 남보다 부족한 사이
돌아갈 마음도 아닌
붙잡고 싶지도 않은
사라지는 온기가 느껴져
끝나가는 사랑이 가여워라

소리 없는 이별

사랑이란 연극일지도 몰라
돌아보면 허무해지는
사랑이라는 무대의 막이 올라
덧없는 연기로 온몸을 태워보니
어느덧 막이 내려와
준비된 대사로 애원해도
눈앞이 컴컴하고 시려오네

이별이란 비극일지도 몰라
하려거든 허탈해지는
이별이라는 운명의 장난 같아
애달픈 마음을 목 놓아 드러내도
어느덧 나의 가슴에
보지도 듣지도 못했었던
상처가 고스란히 묻어있네

결국은 보고파서

우리는 이별이 더 나을 것만 같아서
말뿐이던 사랑이 정리가 되었지만
서로에게 찔러 논 가시가
남아있는지 궁금한 건 뭘까요

우리는 이별이 더 괜찮은 줄 알아서
지키지도 못하는 약속을 눈감아준
서로에게 두고 온 상처가
아물었는지 궁금한 건 뭘까요

우리는 사랑처럼 이별도 처음이라
사랑만큼 이별은 더 어려워서
마음도 머리도 선명한 기억이 떠올라
이별 후에 사랑했던 날들이 아쉬워서

결국은 보고파서

덩그러니

바닥에 주저앉으려니
내 자리는 어디에도 없습니다
무거운 짐 내리고파도
쉬는 법이 낯설어서 모릅니다
평생 사람을 만나왔는데
이제 와 찾을 길이 없습니다
힘들 땐 혼자보다는 둘이라지만
어찌 기대는 줄도 모릅니다
어느 날 세상을 보니
내 것은 아무것도 안 보이고
사소한 위로를 바라는 건
부질없는 기대라는 사실에
덩그러니 혼자 남아
허망해진 나의 길 둘러보니
우리는 정해진 대로 사는 것이 아니라
홀로 인생길을 찾는 겁니다

드문드문

차 창가에 홀로 앉아
멀어져 가는 사람아
등 돌리고 눈 감아도
끌려가는 이 마음아
왼쪽 뺨을 비추는 따가운 햇살은
눈물임을 알아채고 다정히도 말려주네
들썩이는 어깨만큼 흔들리는 건
잡을 수 없는 그대 마음인가 봐
예고 없이 타고 가는 이별 열차에
드문드문 보이는 창밖에 이정표는
정처 없이 기로에 선 가여운 나를 향한
다음 사랑의 예고편을 보여주려 하는데
그만하자 하면서도 기대하는 건
종착역이 내 사랑 그대역이라는 건가 봐

절반의 사랑

반이나 줄었다 반절은 덜었다
이별의 아픔도 쓰라린 경험도
한잔 술 마시며 그리움 삼키고
빈 술잔 꽉 쥐며 단념을 해본다
절반의 사랑도 절반의 이별도
후회도 미련도 독하게 이겼다
첫사랑 아니고 끝사랑 아니다
바람도 하늘도 내 편에 있단다
줄어든 사랑에 서운해 말아라
야속한 너보다 야무진 나란다

온통 너라서

어딘지 모르게
아픔이 보이던 너를 알고 나서
분명 내가 해줄 게 있다는
위험한 기대를 해봤어
고치려고 바꾸려고 애써보고
내가 만들어놓은 세상에 너를 가두면
너의 꿈도 너의 사랑도
운명이 너를 향해 돌아갈 줄 알았어
내가 미안해 이제 와 정말 미안해
행복하게 웃는 널 보고 싶었나 봐
너도 모든 아픔을 충분히
이겨낼 힘이 있다는 걸
알아보지 못한 내가 바보야
생각만으로 너를 가둔 이유는
내 머릿속이 온통 너라서

마음을 곱게 접어서

엉성하게 흐트러진 내 마음을
정리할 시간도 기다려주지 못한 사람
여름이 가고 가을이 지나도
그 순간 그 모든 봄의 기억에서 살고 있다가
봄에서 바로 겨울로 산다는 게
이토록 견딜 수 없이 춥다는 건
내 사랑의 아픈 순간을 오직 나 혼자만 알겠죠

쓰라리게 낡아버린 내 마음이
아물어 가는 걸 보지 못하고 떠난 사람
내 마음 종이 같아서
사랑받으면 색종이가 되고
꽃을 받으면 사랑의 엽서가 되는데
종이에 눈물이 흘러 마음이 투명하게 보이니
내 사랑이 끝났다는 걸 아마 모두가 알겠죠

이해와 이해가 만나

나무는 물을 만나야
꽃은 가시를 만나고
나는 당신을 만나지
이렇게 만난 인연도
양보하지 않는다면
끝을 보며 걸어야 해
살아보니 누가 나를
믿어주는 거 하나면
잘 살아왔다는 거지

툭 치면 또르르

가세요 가려거든 얼마든지 가세요
뒤돌아보지도 말고 돌아가요
마지막 배웅까지 해야 하는 괴로운 이별이네요
골이 생긴 사랑을 표 안 나게 어루만져
키워나가는 나를 향해
차갑게 돌아선 당신의 뒷모습은
가슴 치며 날 원망하네
당신이 주신 그 상처가 약이 되어서
웃으며 보내주네
떠나요 떠나려면 얼마든지 떠나요
앞만 쳐다보고 그대로 가세요
마지막 걱정까지 해야 하는 서러운 이별이네요
사랑의 조각이 깨져서 떨어져도
붙들어 맨 나를 향해
가슴에 비수가 되는 말들로
독하게 뱉어내고 밀어내는
당신이 주신 그 상처가 약이 되어서
웃으며 보내주네

성숙

과거는 용서라는 단어
하나만 기억해요
현재는 사랑이라는 단어
하나만 외워둬요
미래는 당신이라는 단어
하나만 기도해요

다시 혼자

더 이상은 눈물도 말랐나 보구나
점점 머릿속이 비워지고 있구나
머물러 있던 시간에서 벗어나
조금씩 나의 자리로 돌아가구나
하루의 시작은 이별로 시작해서
그 이별의 아픔 고스란히 느끼며
하루의 끝에 다 안고 잠을 청하니
눈 위에 그려지는 아픈 추억이
어제 일처럼 잊을 수가 없구나
혼자라는 사실보다 힘이 드는 건
하늘 아래에 우리 함께 있을지라도
그대 이름 부를 수가 없다는 거구나

빈 가슴

가벼워진 너의 걸음 바라보며
남겨놓은 나의 사랑 흔적 들은
내 가슴을 비워내고 내려놓은
널 붙잡는 애처로운 신호인데
미련인가 사랑인가 그리움인가
난 지금 어떤 기대를 하고 있는가
텅 빈 가슴에다 너의 흔적들로
다시 고이고이 새기고 싶다
무거워도 고스란히 채워보련다
님아 무슨 말이라도 해주오

마음의 창

윤기나고 화사한
너의 얼굴을 처음 본 날
밤과 낮이 바뀐 듯이
그 빛깔이 눈이 부셔
유난히도 검은 눈동자는
험난한 세상과 달리
고운 생각이 담겨있네
어찌 그렇게 맑을 수 있나
시간이 흘러 흘러
네 곁에 아픈 날이 찾아와
간밤에 쏟은 눈물이 보여
말라버린 네 얼굴이 말해주네
네 마음을 알려거든
얼굴에 고스란히 나타나니
차라리 모르고 싶은
슬픈 그대 마음이 보이네

위로

느낄 수 있나요
그댈 향한 나의 기도를
더는 불안해하지 마요
찬바람이 불면
따뜻하게 입어요
감기는 막아줄 수 없어요
어둠이 나타나면
눈을 질끈 감아요
용기 내 비웃으며 넘어가요
저 하늘을 통해 그댈 보며
멀리 떨어져 있어도
그대를 지켜줄게요
그대가 나에게
소중한 존재라는 건
영원히 변치 않아요

우리 엄마

어머니 오늘은 저랑
멋지게 회포 푸는 거 어때요
무슨 일은 없어요
그렇다고 좋은 일도 없어요
사랑의 아픔 하나 못 견뎌내는
못난 자식을 기다려 주신
어머니의 속을 다 뒤집고 태워놨지요
일 안 하면 아프다는
그 이야기 못 믿었지만
믿는 척하며 여전히 고생만 시키고
필요한 거 없다는
늘 하시는 그 말씀을
곧이곧대로 믿었던 못난 자식을 어쩌죠
이 못난 자식을 어떻게 해야 할까요

우리 아빠

회사에 제출하는 자소서에
첫 줄마다 꼭 적는 나의 꼼수
아버지를 소개하는 몇 마디 글로
서류는 그냥 합격이지요
365일 중에 명절만 휴일이라는
그게 나에게는 유별난 이력이지요
어느덧 철이 들고 사회인이 되니
아버지가 대단하시네
아픈 곳엔 파스 몇 장으로
덕지덕지 얹어놓고
일터로 곧장 향하시는
그 모습을 아직도 보네
천하의 못난 자식인데도
공주라고 부르시고
농담마저 곧잘 하시는
아버지가 최고랍니다

마음 저울

누구나 이런저런 사연으로
나름대로 기준들이 있겠지만
누군가를 사랑하면서 살아보니
세월 따라 얻은 것이 있다면
조용히 내 마음 한구석에는
더 이상 아픈 선택은 하기 싫어서
내 앞에 아무리 미소로 다가와도
소리 없이 저울질하네

너 역시 이런저런 과거로
새로 다가올 사랑을 하기 전에
그 사랑이 지닌 아픔의 무게를 재며
마음이 움직이고 있겠지
다시 가슴이 정한 사랑으로
덜 아픈 사연을 기대하며
다시 사랑하는 날이 온다면
한동안 마음 저울은 잊고 살겠지

선택

그대여
지나버린 인생의 중요한 선택을 실수라며
왜 아직 떨쳐내지 못하고 있는가

그대가
시계가 고장 나서 다시 과거로 돌아간들
어차피 같은 선택을 할 터인데

그대를
어찌해야만 최선의 멋진 선택이었다는
후회 없는 그대 웃음을 바라볼 수 있을까

그대는
또 기로에 서면 외로움에 찾아오는 사랑보다
행복한 날 옆자리에 있는 사랑을 선택하길

편한 게 좋아져

가슴 뛰는 것만 좋은 것이 아니라
들이 있어도 편안한 게 제일 좋아
나이가 들어가니 그것이 최고라네
드디어 인생을 터득하게 되었나 봐
친구보다 가족이 좋고
이왕이면 애인이 좋다지만
그 애인 때문에 마음 졸여가며
불안해하며 사람을 만날 의미가 없잖아
편안함 속에도 사랑이 분명 있더라
돈보다는 시간이 좋고
이왕이면 건강이 좋다지만
나 혼자만 팔팔해도 그 또한 문제라네
달달한 사랑도 쓴 이별도 아닌
구수한 사람 냄새가 좋더라

내게 올 사랑

갑자기 사랑이 와도
기쁨으로 맞이할 수 있도록
쓸쓸한 나의 그림자에
저 멀리 도망치는 일 없겠죠
그래요 사랑은 알 수 없지요
그래도 때로는 알 것 같아요
움츠리며 외로움에 떨면
사랑은 알아보지 못한다고 하지요
준비하고 즐거움에 살면
멀어도 알아보고 찾아온다 하네요

사랑 반성문

용기 있게 시작한 사랑
희생도 책임도 처음이었죠
남자라는 이유로
붙잡지도 놔주지도 못했죠
혼자서는 살 수 없다는 걸
당신이 전부라는 걸 알았죠
내 안에 당신이 있듯이
당신 안에 내가 산다고 믿어요
나에게 사랑은 실수가 성장이 되어
당신이라는 완성입니다

연결고리

나에게 세상은
그다지 쉽지가 않았소
마음을 다해도
쉽게 얻은 건 없었소
그래도 내가
당신을 만나서 사랑을 얻고
당신과 나 사이에
인연 줄이 단단하게 있었기에
우리 둘이서만큼은
그 인연 믿어와 하나가 되니
세상이 공짜로 준
다른 고리 없어도 서러울 것 하나 없소

움직여

사랑할 사람을 찾고
마음 줄 친구를 찾고
신경 쓸 동료를 찾고
존경할 멘토를 찾고
일단 이 정도만 찾아
삶이 좀 행복해진다

기적

산다는 게 기적이다
위험천만한 세상에서
숨 쉬는 게 기적이다
사랑 또한 기적이다
유혹 많은 세상에서
한 사람만 바라보는
잠깐이든 평생이든
그 사랑도 감사하다
누가 내 글을 읽어주는
이마저도 기적이다
잘 생각하면 산다는 게
감동의 연속이다

흘러간다

아려오는 가슴아 멀어지는 세월아
너도나도 청춘이 떠나가니 어이해
밀물 되어 오다가 썰물 되어 가는데
잡지 못한 바다여 놓쳐버린 파도여
너나없이 어울려 돌아온 건 나 홀로
지나가는 시간 속 부딪쳐온 아픔아
이 세상에 아쉬운 흔적들이 생각나
희미해진 두 눈에 흐려지는 사랑아
보고 싶은 그 시절 마주하는 첫사랑
그대라는 이름에 추억이란 두 글자
지울 것도 많아서 공허해진 마음아
선명하게 남겨놓은 부질없는 미련아
남자답게 사는 게 무거웠던 시절아
후회 없이 살아도 허무해진 세상아
외로워도 버텨온 보람 있는 인생아
사랑이랑 손잡고 흘러가자 너와 나

시든 그녀

한 줄기의 꽃이 되려고 수없이 포기했어요
다가온 사랑도 고이 접고서
앞만 보고 살아왔어요
등 돌리고 앞만 봐도 고달파 울고 싶은 날
나를 위해 해준 말들이 생각나는 밤
애달피 울먹거려요
기다려 조금 더 돌아온다 해놓고
하루를 한 달을 일 년째 당신을 홀로 그려봐요

한 송이의 꽃이 되려고 한없이 사랑했어요
초라한 내 손을 잡아 준 사람
나를 위해 살아 준 사람
손 놓아도 앞장서서 강하게 지켜 준 당신
비가 오나 눈이 오나 바람이 부나
모진 일 다 막아주는
이제 와 고마워 함께 나눈 세월을
오늘도 내일도 영원히 그대는 나를 잊지 마요

시들시들

바라보는 눈망울 따사로운 미소도
모래처럼 흩어져 멀어지는 그대여
빛을 띤 가슴에 그늘이 드리우고
자그마한 입술이 초조해져 가는데
내 것이던 사랑아 잡힐듯한 사랑아
안고 싶은 사랑아 갖고 싶은 사랑아
언제쯤 보일까 어느 날에 만날까
이런 내가 미워도 그대 돌아오겠지
내 품 안에 너를 잊을 수가 없는데
너와 나눈 하루가 보물처럼 귀한데
우리 사랑 지켜본 저 하늘의 새들도
시들어진 네 마음 감추려고 하나 봐

금의환향

젤 좋은 양복을 입고
가장 큰 자동차 타고
찾아가는 고향길
새까맣게 잊고 살았지
발버둥 치다 보니 찾을 길 없더라
예송리에 조약돌처럼 강하게 버텨왔단다
보길도 섬마을 소년 박차고 향한 서울 길
배고파 울기도 했고 외로워 좌절도 했던
한잔 술이 내 친구
그리운 뱃고동 소리 울 엄마 살아계신
돌아가자 고향아
아직도 그 자리에서
따스한 집 앞 등대도
기다린 흔적도 없이 그리운 표정도 없이
함께 버텨 온 친구
그리운 아빠 잔소리 지금의 나의 얼굴
돌아가자 고향아
울 형제 싸우는 소리 외로운 형의 자리
돌아가자 고향아

금실 좋은 나무

나도 길가에 나무처럼
깊게 뿌리내리며 살아갈게요
말라가는 이 마음에
촉촉한 단비 같은 당신
당신 때문에 내가 숨을 쉬지
거센 비바람아 시샘하지 말아다오

나도 산자락에 나무처럼
널리 뻗어나가며 살아갈게요
그늘지는 내 얼굴에
화사한 햇살 같은 당신
당신 때문에 내가 빛이 나지
거친 태양아 질투하지 말아다오

남자의 비

우산 없이 나온 길에 마주친 아침의 비는
간밤에 어떤 이 가슴이 아팠나 봐요
생각이 나는 사람을 떠올리며 걷는 이 남자
어깨로 떨어진 빗물 조각은
고달픈 남자의 인생이고
차갑지만 얼음보다 따스하네

우산 없이 나선 길에 만난 저녁의 비는
아직까지 어떤 이 가슴이 아픈가 봐요
빗소리 따라 바닥만 보고 걷는 이 남자
등 뒤로 떨어지는 빗방울은
치열했던 남자의 인생사이고
무겁지만 눈물보다 덜 따갑네

청춘으로 가는 길

좋아하던 노래 흥얼거리며
그날 그 거리 그 자리에
나를 찾으러 왔단다
겁 없던 그 시절
젊음을 무기로 세상을 품던
나를 찾으러 왔단다
살고 싶은 세상 그려놓고
하고 싶은 말 내려놓고 가자

좋아하던 노래 흥얼거리며
그날 그 거리 그 자리에
나를 찾으러 왔단다
돈 없던 그 시절
큰 꿈을 무기로 세상을 날던
나를 찾으러 왔단다
청춘의 울타리 그려놓고
사랑의 꽃가루 뿌리고 간다

사는 게 이벤트

시간도 많았다 기회도 있었다
만족은 못 해도 충분히 배웠다
지금껏 만남도 사랑도 추억도
나에게 주어진 최고의 이벤트
친구가 즐거워 가족이 든든해
내 생에 특별한 순간은 이 시간
화려한 꿈들이 탐나던 시절도
허황된 바람이 들어선 그때도
실패는 없었다 욕심이 탓인걸
무사히 버텨온 신나는 이벤트

당연한 줄 알았습니다

어머니 무슨 잘못을 하셨나요
온종일 죄지은 것 마냥
고단한 잔일 거리다 해내시는
우리 엄마 그게 당연한 줄 알았습니다
어머니 누가 벌주고 가던가요
언제나 당연한 것 마냥
귀찮은 잔일 거리다 맡으시는
우리 엄마 그게 당연한 줄 알았습니다
예뻤던 이름도 잃어버리고 아내라는 이름으로
고왔던 나이도 잊어버리고 엄마라는 자리에서
찬 바람 맞아가며 붉게 변해버린 사과 볼
찬물 적셔가며 거칠게 변해버린 가시 손
마냥 당연한 줄 알았습니다

사랑 향

첫 향은 강렬하게
당차고 용감하게
내 마음 자극하던
그 사람 당신이죠
시간이 흘러가니
순하고 은은하게
따스히 감싸 안은
잔잔한 그대인 걸
나에게 당신은
비 온 뒤 땅에 낀 이끼처럼
편하고 익숙한 풀 내 이길 바랍니다
나에게 당신은
처음부터 끝까지 변치 않는
익숙한 비누 향 이길 바랍니다
강렬한 기억보다 내 마음 편안한 향

느림보 청춘

네가 가진 특별한 걸 알아차리면 좋겠어
네가 지닌 남다른 걸 찾아냈으면 좋겠어
용기 내 봐 도전해 봐
성공이든 실패든 둘 중에 하나일 뿐
감당할 수 있잖아
누구나 익숙한 능력이 있는데
인정하지 않으면 초라할 뿐이야
누구나 비범한 힘이 있는데
믿어주지 않으면 불안할 뿐이야
누구나 최고의 순간이 있는데
다가가지 않으면 아쉬울 뿐이야
나는 너를 응원해 세상은 너를 기대해

인생작

인생사 무지개 빛깔로
예쁘게 정리된 작품인 거야
한 가지 빛으로 그려진 게 아니라
오늘은 아파 말고 내일을 기대하며
살만한 인생인 거야
나에게 평화는 초록빛처럼
편안하게 매 순간을 응원해 주네
나에게 설렘은 보랏빛처럼
미묘하게 내 마음을 두드리네
언젠가 나에게도
찬란한 빛이 나는 순간이 오겠지
인생사 무지개 빛깔로
희로애락 정리된 예술인 거야
한 가지로 그려진 게 아니라
하루가 힘들어도 좋은 날 기다리며
살만한 인생인 거야

발걸음

여기에 왔어
무엇이 나를 불렀나
홀린 듯 여기에
이만큼 와 있어
중간쯤 왔을까
아니면 거의 다 왔을까
한 번도 멈춘 적 없는데
영원한 사랑 잡으려 하나
운명의 나를 찾으려 하나
달려보고 아무리 애써봐도
정해진 시간이 있는데
뛰어보고 아무리 애써봐도
남들도 따라오는데
인생길 길을 잃을 땐
뒤돌아 가지만 않으면 돼

인생은 코미디

무대 위로 올라가죠
연습도 해본 적 없이
첨첨한 막을 걷어내고
인생이라는 무대로

우스꽝스러운 분장으로
내 표정을 바꿔놓고
당신이 보는 앞에서
나 연극을 하죠

가슴이 찢어지는 사랑을 하고도
뒤돌아서 웃을 일을 찾죠

눈물은 보지 마요 내가 더 참아볼게요
아파하지도 마요 행복하게 웃어줘요

나를 봐요 보이는 그대로 믿어요
당신을 웃겨줄게요 이 무대 코미디니까

아픈 세월

얼굴에는 없는 시간들이
머리에서 지워지지 않구나
나 혼자 짊어지고 오느라
아직도 내 온몸이 지쳐있네
이제 와 감출 수도 없다네
당당히 말할 수도 없다네
이러지도 저러지도 못하고
이제는 내가 나를 원망하네
아~ 돌아보면 그때는
내가 나를 사랑하지 않았었네
누가 나를 이해하겠나
누가 나를 위로하겠나
아~ 돌아보면 그때는
악몽보다 무서운 날들이었네
누가 나를 안아주겠나
누가 나를 사랑하겠나

허무한 청춘이다

겁 없이 돌진해도
실망만 이어지니
때로는 내려놓고
멍하니 하늘만 봐

용기 내 소리쳐도
변화가 없다 보니
의욕도 주저앉아
허공만 바라보네

나에게 청춘이란
혼자서 튀지 말고
섞여서 물어가라
불꽃을 잠재우지

열심히 살아온 우리 모두

내게 주어진 일 하다 보니
마음을 잃고 지냈지
싸우고 부딪치며 이제 와보니
어떻게 살았는지 모르겠네
해야 할 일 먼저 하느라고
소망도 사치였구나
복잡한 생각 할 여유도 없이
앞으로 나아가기 바빴었네
세월이 가긴 가구나
이제 내가 숨을 돌리구나
세상을 둘러보게 되구나
앞으로는 마음을 찾자
잃어버린 여유를 갖자
나를 위해 산다는 게
아직은 어색하겠지

마음이 부자

천천히 살아가는 인생길
느긋하게 생각하는 나날들
경쟁이 무슨 필요냐 비교가 무슨 의미냐
세상 속 감정 다 느낄 줄 알기에
다 순리대로 흘러감을 알기에
희로애락 보다 더 잔인한 건 무념무상
무념무상 보다 더 괴로운 건 자포자기
가지려고 애써보고 차지해도 잠깐의 희망
비워내고 내려두고 버려봐도 순간의 평화
무엇보다 중요한 건 생각하는 감정의 부자
인간으로 태어나서 가져보는 풍부한 마음
부러울 것 하나 없는
나만의 치열한 하루는 감사해
겁먹을 것 하나 없는
나만의 풍족한 인생은 충분해

연

지나가다가 스친 만남도 아니었고요
누굴 통해 알게 된 사이도 아니었지요
기억이 희미한 그런 날 만난 인연이라서
만남도 시작도 순수한 그런 인연이에요
같은 하늘 아래 숨 쉬는 거 하나로 충분하네요
하늘이 정해 준 인연처럼 느껴진 사람이에요
어쩌다 우연한 만남으로 여기까지 왔는데
하늘이 정해놓은 마지막 관계는
아닌 것만 같아요
우연이란 두 글자의 앞 글자만 달리했다고
다 인연이 되는 건 아니죠
인연이란 두 글자의 앞뒤를 바꾼다고
모두 다 연인이 될 순 없죠
우연이 인연 되고 인연이 연인되고 다음엔
어떤 두 글자로 맺어질까요
가능하다면 나 당신의 연인 다음에는
당신께 비로소 운명이고 싶어라

믿어요

나 알 것 같아요
그대의 눈빛에 담긴
그대의 시선이 향한
세상을 살아가는 깊은 고뇌를
사람과의 만남 속 진지한 속내를

나 알 것 같아요
당신이 보는 세상은
당신이 가는 방향은
누구보다 정확하다는 것을
어디서든 가치 있다는 것을

내가 아는 사람 중 가장 멋진 사람이죠
내가 아는 그대 중 가장 빛나는 당신이죠
내가 아는 님이여 언제나 흔들리지 마세요

당신에게로

다 지나가겠지
어색한 이 두근거림도
마냥 서서히 언젠가는 흘러가겠지
인연이라 해도 어려운 게 사람과의 인연이더라
다 사라지겠지
이런 못된 욕심도
그저 참다가 언젠가는 삭혀지겠지
운명이라도 허무한 게 사람과의 운명이더라

내 옆에 있는 내 사람아
언제 시작된 지도 모르게
나의 빈자리 채워 준 고마운 사람아
내 옆에 있는 내 사랑아
어떤 믿음 생겼나 모르게
나의 옆자리 지켜 준 고마운 사랑아

멀리에 있는 운명도 어느덧 생긴 인연도
긴 세월 함께 한 당신만은 못하네

아가야

내 사랑 아가야 까꿍
오늘도 함께 있구나
생각하면 할수록 고귀한
내 사랑입니다
내가 사는 이유 하나
내가 싸우는 이유 둘
겁이 나고 걱정이 되어도
우리 꼭 만나자

내 사랑 아가야 까꿍
오늘도 함께 있구나
기대하면 할수록 행복한
내 보물입니다
내가 웃는 이유 셋
내가 힘이 나는 이유 넷
기다림이 지치고 아파져도
우리 꼭 만나자

소년의 길

새로워 어제와 다른 오늘이
궁금해 오늘과 다를 내일이
오늘은 뛰어가 보자 내일은 걸을 수 있게
시간이 흘러 내가 보낸 시간이 아깝지 않을까
시간이 가도 내가 간 이 길이 후회되지 않을까
싸우자 어제가 아닌 오늘을
이기자 오늘이 아닌 내일도
오늘은 혼자 가보자 내일이 낯설지 않게
세월이 흘러 내가 한 일들이 당당할 수 있을까
세월이 가도 내가 온 이 길이 빛날 수 있을까
즐거워 내가 선택한 지금이
기대 돼 내게 다가올 순간이
꽃길을 만들어보자 꽃밭을 걸을 수 있게
꽃길을 가다 내가 당신에게 용기 줄 수 있다면
꽃밭에 올라 내가 당신의 꿈이 될 수 있다면
행복해 지금 이대로 행복해
사랑해 매 순간마다 사랑해
새 길을 만들어보자 누구라도 찾을 수 있게
정상을 발견하자 당신에게 보여줄 수 있도록
끝까지 올라가 보자 그대를 응원할 수 있도록

그래 그렇게

누구나 한 번뿐인 인생이라면
움츠리고 있지 말고 어깨를 펼쳐라
어제는 지나간 세월
오늘의 청춘을 살 거야
기쁨은 나눠주고 그래 그렇게
눈물은 씻어내고 그래 그렇게
그렇지 그렇게
잊지 말고 소풍 같은 하루를 즐기자
씩씩하게 함께 나가자 그래 그렇게

두 눈에 들어오는 사랑이라면
돌아서려 하지 말고 마음을 열어라
지나간 추억은 접어라
새로운 사랑을 할 거야
찾아가 고백하고 그래 그렇게
돌아와 후회 말고 그래 그렇게
그렇지 그렇게
잊지 못할 선물 같은 마음을 누리자
용기보다 폼 난 건 없다 그래 그렇게

당신이 열쇠

사람이 양심을 지니고
나아가 행동을 한다면
건강한 나라가 되겠죠
우리들 나라의 행복은
당연히 세계의 평화고
지구의 사랑이 되겠죠
이 또한 인간의 존엄성
기본에 충실한 사회성
나부터 열어둘 가능성

땅에서 만난 별

땅에 떨어져 있는 그대를 처음 본 날
유난히도 반짝여서 짐작했어요
바라보면 은은한 빛을 뿜어내며
드넓은 세상을 환하게 비춰주네요
알아요 그대가 있어야 할 곳은 저 산 너머
어둠을 환하게 밝혀낼 별자리라는 것을
길 잃은 당신께 나타난 나는 달이 될래요
당신 옆을 스치는 찰나만을 기다리며
멀리 있어도 가슴앓이 하지 않고
가까이에서도 애태워하지 않을게요
내가 사랑하는 건 네가 아닌 너의 꿈
그대의 꿈을 사랑해 줄게요
흙 묻은 그대를 씻겨내고
힘 잃은 별 그대 응원하는
달로 태어난 내가 해야 할 일은
별로 태어난 그대 사랑하는 일
그대가 꾸는 꿈이 멋져서
사랑할 수밖에 없어요

진심

어둠 속에 있는 당신에게
내가 작은 등불이 되었다면 충분해요

얼음 속에 있는 당신에게
내가 옅은 불꽃이 되었다면 좋겠어요

고독 속에 있는 나에게는
유일하게 사랑을 느끼기에 고마워요

절망 속에 만나 희망을 겨우 찾은 우리
이제 제자리에 돌아가도 괜찮아요

커피 향 669번지

당신은 따뜻한 라떼처럼
내 마음을 부드럽게 달래줘요
당신은 이름도 예쁜 라떼처럼
하트를 새겨 논 고운 아트처럼

당신은 차가운 아메리카노
때로는 내 마음 냉정하게 돌려놔요
얼음을 머금고 돌아선 그녀처럼
목마른 내 가슴에 얼음만 남겨두고

뜨거운 커피잔이 식어가듯이
우리 사랑도 곧 식어갈까요
향긋한 커피 향이 날아가듯이
우리 추억도 곧 사라질까요

우리 사랑은 에스프레소처럼
깊고 진해서 잊을 수 없고
우리 사랑은 에스프레소처럼
애태우며 상처로 쓰라린 사랑

사랑만있섬

새하얀 드레스 휘두른 섬 하나
사랑하는 그대와 함께 살고 싶어라

바람도 거칠고 파도가 거세도
흔들리지 않는 섬 그댈 향한 내 마음 같네

새들도 노래하고 조각배 춤을 추는
아름다운 저 바다 위 자그마한 사랑 섬에
그대와 나 단둘이 사랑하고 싶어라

햇살도 바라보고 구름도 지켜주는
평화로운 하늘 아래 자그마한 사랑 섬에
그대와 나 영원히 사랑하고 싶어라

이별학과 05학번

눈을 뜬다는 건 눈을 감기 위한 본능처럼
손을 댄다는 건 손을 놓기 위한 행동 같아요
마음을 주는 건 상처받기 위한 경험처럼
행복이 오는 건 슬픔도 온다는 운명 같아요

오늘 하루도 상처 주고 있죠
내일 하루도 아픔 주고 있을 테죠

이렇게 하나씩 연습하다가
감당하기 힘든 작별의 순간이 오는 거겠죠
이처럼 여러 번 반복하면서
견딜 수 없는 고별도 맞이하게 되는 거겠죠

헤어지는 순간 앞에는
반복된 연습이 함께 있다는 것
멀어지는 경험 옆에는
반가운 안녕도 같이 온다는 것
새로운 만남 뒤에는
또 다른 헤어짐이 기다린다는 것

업보

사랑을 해본 사람이라면
누구나 이별을 경험했다면
또 다른 사랑의 시작은
업보로써 감당하는 거겠죠

내가 준 상처는
눈물이 되어 돌아오고
내가 준 사랑은
행복 열매로 돌아와요

이것이 사랑의 순리인걸요

돌 틈 여행

실낱같은 틈으로
까짓것 두들겨봤더니
열리더라 돌문이
보이더라 세상이

기회는 지금이다
힘차게 두드리자

틈새로 나와서
마주한 세상은
모든 게 낯설어
두려운 내 마음

그래도 괜찮아
나라면 충분해

뿌리내린 세상아
다시 환하게 빛나보자

사랑합시다

오손도손 도란도란 아낌없는 애정표현
우리 모두 사랑 얘기 후회 없이 말해봐요
너랑 나랑 사랑하고 좋은 점이 많다지만
그중에서 최고로는 진심 어린 감동의 말
여기저기 사랑 가득 어딜 가나 사랑 나눔
서로서로 정성 어린 안부라도 전해봐요
우리 모두 사랑으로 즐거운 일 많다지만
그중에서 최고인 건 진정으로 비는 마음
나의 사랑 전해지고 우리 사랑 날아올라
온 세상이 노랑 빛깔 희망의 빛 따사로워
언젠가는 모두에게 사랑이란 당연하지
사랑이란 두 글자를 잊지 말고 살아가세

이별 지우개

함께 한 짧은 사랑이
긴 이별로 변해가네요
함께 한 짧은 추억이
긴 아픔으로 되돌아오네요
잊어야 해 지워야 해
내 마음속 다짐들이
내가 아닌 당신을 아프게 하나요
생각하면 안 돼 기억하면 안 돼
내 가슴속 약속들이
내가 아닌 당신을 다치게 하나요
그건 안돼요 그건 안됩니다
혹시라도 긴 시간 나의 미련이
당신에게 전해져서
당신이 나보다 더 괴로울까 봐
혹시라도 오랜 세월 내 원망이
당신에게 전해져서
당신이 나보다 더 아파할까 봐
욕심이 바람도 모두 죄가 된다면
미안해서 나는 어쩌죠

2월에 내리는 눈

따스한 햇살을 가리는 손가락 사이로
살포시 전해오는 새하얀 인사는
사랑하는 내 님이 늦게라도 나타난 건가요
기다릴 때 오지 않은 서글픈 님이여
방황할 때 찾지 못한 매몰찬 님이여
부드러운 저 구름 속 작은 알맹이가
살짝궁 어깨를 두드리는 안부는
사랑의 시작을 이제라도 알려주려 하나요
불러보면 소식 없던 야속한 님이여
찾아봐도 안 보이던 그리운 님이여
오색빛깔 찬란한 꽃길만 있는 줄 알았어요
온 세상 하얀 폭죽 터뜨리는 하얀 길목에서
내 님과 딴따따 딴 축배를 들어요 딴따따 딴

여름 낙엽

요즘 난 너를 보고 싶다는 생각도
지쳐가는 날들이야
요즘 난 네가 그립다는 마음도
잃어가는 날들이야
집 앞에 거닐던 내 발걸음 앞에
떨어지는 여름 낙엽이 너처럼 보여
말라있는 너의 얼굴도 말이야
어두워진 너의 표정도 말이야
가만히 손에 담아
싱그러운 여름 잎 싹 틈에 올려줄게
이제 너도 꽃처럼 살아줘
처음 너를 본 그날처럼

굳이

말하지 않아도 알 수 있나요
내 마음속 이야기

보이지 않아도 알고 있나요
내 가슴속 온도를

굳이 꺼내지 않아도
이게 사랑이라면 알 수 있겠죠

굳이 애쓰지 않아도
우리 운명이라면 이어지겠죠

행복이 올 거야
충분히 감당할 수 있기에

평범하지 않은 사랑을 하는
너와 나는 선택받은 거니까

서툰 고백

홀로 사랑을 잃고 텅 빈 마음으로 살다가
혼자 사랑을 알고 꽉 찬 마음으로 사는데
그래서 나는요
사랑 잡는 법을 몰라서 함께 사랑하질 못하죠

서로 사랑을 하고 따뜻한 마음으로 살다가
둘 다 사랑을 찾고 익숙하게 사랑했었더라면
그러면 나는요
다가가는 법을 알아서 함께 사랑하고 있겠죠

미안해요
서툴게 사랑을 연습해와서
사랑해요
이 순간은 연습이 아니길

못된 안부

어찌 된 건가요
세상은 여전히 아무 일 없듯이 고요한데
그대 표정은 편안하지 않네요

얼마나 된 거죠
계절은 언제나 당연하게 변하는데
그대 표정은 자연스럽지 않죠

어떻게 그래요
얼마든지 화사한 모습을 띄는 그대인데
누구에게나 너무도 부드러운 그대잖아요

안부를 전해요
마음을 다하다 보니 그대가 보이는데
아직 나로 인해 아파하길 바라나 봐요

어느 순간에도 사랑은 있다

길목에 잡초가 되어
바람과 함께 흩날리던 중에
그대 손끝과 닿은 날이 있어요
스치는 그대의 마음 온도가 느껴지니
풀 하나도 온정으로 대하는 그대가
참 고마워요 그 마음 변하지 마요

돌 틈에 낀 이끼가 되어
흙먼지와 함께 밟히던 중에
그대 발끝에 닿은 날이 있어요
사뿐한 그대의 사랑 무게가 느껴지니
이끼에도 배려를 다 해주는 그대가
참 고마워요 그 사랑 변하지 마요

이 카페는 별

휴지조각도 정감 있게 정리하는
그대의 섬세함이 좋은데
곱게 접은 그 휴지가 결국
나를 위한 건가요 그런 건가요
스치는 예감이 아니길 바라죠
이 자리가 우리의 이별 테이블 인가요
흔한 이 장면 속 여인이
내가 아니길 바라는 동안에
벌써 우리의 이별이 시작이네요
짧은 사랑의 기억을
기나긴 나날 동안 지워야겠죠
이 휴지에 적힌 카페의 이름처럼

너는 나, 나는 너

너는 내가 아닌데
너를 통해 내가 보여
네가 가는 인생길 옆에서
같은 마음으로 따라가는데
함께가자 말 못 하는 나에게
나만의 꿈을 꾸게 해준 너

너는 내가 아닌데
너로 인해 내가 웃어
네가 사는 인생길 뒤에서
같은 방향으로 서성이는데
도와준다 말 못 하는 나에게
다시금 꿈을 갖게 해준 너

우린 분명 둘이지만
결국 너는 또 다른 나이기에
널 사랑하면 할수록 내가 행복해져 가

다시 만나면

다시 만나면 친구처럼 편안하게 바라봐요
헤어질 순간을 걱정하는 바람에
흐린 눈빛으로 보지 않기로 해요

다시 만나면 남들처럼 보통의 인사를 해요
애틋함이 지나쳐 안부하지 못한
아쉬운 날들이 오지 않기로 해요

다시 만나면 마음 약한 오해 없이 얘기해요
서로를 몰라 흔들린 바람에
우리의 느낌을 외면 않기로 해요

다시 만나면 너무 아쉽게 헤어지지 말아요
인사뿐인 만남도 소중하지만
떨어져 있어도 힘들지 않기로 해요

날개 젖은 새

훨훨 날개를 메고 머나먼 길을
하염없이 떠나가다
빗물에 내 눈물이 섞여 내린다
내게 무얼 하냐 물으신다면
수행 길 날다가 기억을 만나
안아주고 있다 하리오
내게 어디냐고 물으신다면
인생 시 추억 구 그대 동이라 전하 리오
높은 하늘 아래에서
먼지처럼 작은 너와 나
어기적 날개를 접고 외로운 길을
다부지게 찾아가다
걸림돌에 상처가 깊어져 간다
내게 언제 오냐 물으신다면
연분홍 시 구름 분 햇살 초에 간다 하리오
내게 다 왔냐고 물으신다면
두 손에 사랑 담아 가느라 늦게 간다 전하리오
바람 결에서 구름 틈에서
공기처럼 귀한 너와 나

인생 난이도

똑같은 재료로
요리를 하더라도
메뉴는 다양하고
맛 또한 다르듯이
요리도
인생도
난이도가 있잖아요
당신의 인생 난이도는
누구도 따라 할 수 없는

고난이도

사랑의 표시

무심코 던진 말이
숨겨 온 마음이에요

감추다가 들킨 표정은
사랑을 전하는 순간이에요

얼핏 스치는 시선이
그 사랑의 온도에요

우연히 한 행동은
인연을 결정하는 힌트에요

이렇게 사랑은 표시를 남기고
그 표시에 따라서 우리는 사랑을 느끼죠

표시 없는 사랑은 없는데
사랑의 표현은 애써 감추려고만 하지요

사랑 계산법

모든 숫자에 0을 곱하면
0이 되듯이
매일매일 사랑할수록
영원한 사랑이 됩니다

모든 숫자는 1로 나누어도
변화가 없듯이
언제라도 내 사랑은
변함없이 그대입니다

당신과 나의 사랑은
정해진 계산법에 따라
더하고 빼고 나누고 곱해도
언제나 내 사랑은 당신입니다

짧은 인사말

안녕하세요 속에
온갖 안부를 담고
어떤 표정일지
어떤 대답일지
너는 나를 나는 너를
물끄러미 바라보지

감사합니다 속에
모든 진심을 담고
어떤 기분일지
어떤 생각일지
돌아선 후 우리는
하염없이 떠올리지

3일 동안 이 순간을 다시 겪을
3초의 고민을 알아요

촛불

은은한 불빛으로
온화하게 세상을 밝혀주고

따뜻한 열기로
얼어버린 가슴을 녹여주며

곧게 뻗은 심지처럼
마땅히 본보기로 살아가는

촛불과도 같은 내 사랑을 위해
기도하는 사람들 중 한 명이에요

마음과 마음으로 만나왔기에
멀리에서도 지켜줄 수 있는 인연이에요

다른 세상

소식을 접해도
타이밍이 한참 늦은 것 같은
다가가서 만나도
같은 공간이 아닌 것 같은
사진으로 보아도
순간의 기억이 사라진 듯이
음성으로 들어도
투명한 유리막으로 가려진 듯이

너와 나는 오늘도
다른 세상에서 사는 느낌처럼
서로라는 존재도
닿지 않아 저물어가는 경우처럼

그래요 사랑은
같은 세상에서 헤어질 일 없을 듯이
처음인 것처럼 하는 거래요

좋은 사람

어설픈 감정은
흔한 사랑을 하게 되고

특별한 감정은
귀한 사랑이 된다지만

사랑 역시 사람이 하는 거라서
일단 사람이 특별나야 하고

둘만의 세상이 아니기에
누구에게나 귀한 사람이 좋아요

찾았다 내가 사랑할 사람
만났다 이미 오래전부터

별 그리고 달

별이 달에게 묻다

달아 넌 나를 좋아하니? 그럼 당연하지
달아 넌 나를 사랑하니? 내가 그래도 될까
달아 왜 내가 좋아? 투명하고 강해서 좋은데
달아 내게 뭘 원해? 날 기억해 주면 안 될까

달이 별에게 묻다

별아 넌 나를 좋아하니? 널 보면 웃게 돼
별아 넌 나를 사랑하니? 운명에 맡겨도 될까
별아 왜 내가 좋아? 따뜻하고 편해서 좋은데
별아 내게 뭘 원해? 내 곁에 있어주면 안 될까

예언

인물에 대해서는
꿈에 그린 이상이 있었고

감정에 대해서는
소망하는 갈증이 있었기에

해왔던 말, 적어둔 글이
지금의 당신, 현재의 교감

예언처럼 느껴지는 흔적을 통해
우리는 운명을 확인하고 있습니다

왜

내가 너에게
목적이라도 있다면
나의 마음이 덜 지칠 텐데

내가 너에게
목표라도 있었다면
계획이 이미 다 드러날 텐데

마치 무언가에 홀린 듯이
이런저런 아무런 계산도 없이
마냥 소중히 간직하고 사랑하네요

내 마음에 이유가 하나도 없는 것이
이 사랑이 따뜻한 이유인걸요

마음의 속도

같은 목적지로 떠날지라도
똑같은 꿈으로 향하더라도
너와 나 속도가 다르면
오해와 의심이 생겨요
서로의 시그널을 몰라서
예민하고 불안해져요
어디쯤에서 쉬고 있나요
한 발자국 남겨두고
제자리걸음이 무색해져요
함께 걸어가요 둘이 찾아가요
꿈으로 가는 길이 우리의 사랑이네요

변치 마오

나는 그래요
주변을 둘러보면
사람마다 가지고 있는
좋은 점과 나쁜 점이 다양해서
좋은 점 흡수하고
나쁜 점 고쳐보면
더 성장하는 줄 알았어요
그러다 보면
완벽에 가까워질까 봐요
그런데 때로는
본연의 나로
돌아가고 싶을 때가 와요
본질적인 인간이
밀고 나가야 하는 건
변하지 않는
자신만의 매력이 아닐까요
우리는 매력을 찾으면서 살기로 해요

흑진주

내가 사랑하는 당신의 눈빛은
하염없이 깊고 진하죠

내가 사랑하는 당신의 시야는
유난히도 넓고 밝아요

내가 사랑하는 당신의 시선은
순수하게 확고하네요

내가 사랑하는 당신의 안목은
예리함이 최고입니다

비바람

비바람처럼 살았다
한 가지 아픔에 한 가지가 더해져
나 홀로 한꺼번에 견뎌내야 했기에

비바람처럼 울었다
회상으로 흐르는 눈물은 사치
당장의 현실과 타협할 때 이처럼 울다가

비바람처럼 잊었다
내일 또 살아야 했기에 지난날 내가
단번에 쏟은 흔적들은 과감하게 흐트러뜨렸다

비바람처럼 살련다
잠깐이나마 나의 모든 것을 내던지고
미련도 없이 여운도 없이 거센 비바람처럼

먹구름

흰 구름과 푸른 하늘을
오묘하게 섞어 논 수채화가
회색빛 수묵화로 변해간다
몇 걸음만 더 걸어가면
내 머리 위가 어둠으로
드리울 수 있겠지만
하늘이 맑아도 힘들었다
구름이 예뻐도 괴로웠다
눈에 보이는 것들로부터
자유로울 수 있는 마음을
난 용기라고 부르고 싶다

자화상

수십 년 거울을 보고 살아왔지
그래도 나를 그리기엔 낯설어
한번 본 사람은 그려지는데
나를 그린다는 게 왜 어려운지
거울에 비친 나라는 사람과는
대화도 웃음도 나눈 적이 없지
눈 코 입에 뭐가 묻었는지 보느라
내 이목구비에서 풍기는 느낌을 몰라
그래도 기억 담아 그려보라 한다면
눈에는 세상에 대한 겁을 가득 담고
코는 둔하디둔한 감각을 그려봐야지
입은 실수 범벅으로 그렸더니
그게 나야

기다림

사람을 기다린다는 건
내 시간을 빼놓은 것

사랑을 기다린다는 건
희망고문이 더해지는 것

성공을 기다리는 건
극적인 행운을 곱하는 것

행복을 기다리는 건
사랑과 함께 나누려는 것

보이지 않은 것들

이 세상에는 보이는 것 말고
보이지 않은 것도 많지요
사랑도 역시 그래요
혼자 하는 사랑도 있지요
마음을 감추면 감출수록
더 사랑다운 거겠죠
인생도 역시 그래요
보이지 않는 삶도 있지요
볼 수 없는 존재의 힘이
사람을 변화시키고 있겠죠
이 세상에는 귀하지 않은 건
단 하나도 없는 것이 맞지요

치유

살아서도 다 가질 수 없는
내겐 그런 사랑이 있소
언제라도 잊을 수 없는
그런 깊은 사랑이 있소
상처가 아물 때까지
그대를 위로하며 살겠소
새로운 길이 낯설어도
머나먼 길을 걸어보겠소
저 하늘이 나를 보낸
그곳은 참 행복 일 테니
쉬지 않고 찾아갈 테니

1번의 역할

가나다순으로 번호를 정하다 보니
초등학생 시절인 6년을
1번으로 살았습니다
1번의 역할은
질문의 핵심을 빠르게 판단하고
발표의 요령을 먼저 정해야 하죠
신선한 발상을 즐기는
똘똘한 아이만 해낼 수 있어요
그래서 조금이나마 이해합니다
그댄 늘 처음이고 1번이라는 점 칭찬해요

단절보다는 친절

고독은 단절에서 온다
내 마음 편하자고 미뤄냈더니
어느덧 상대도 멀어진다
결국은 이 또한 아니더라
내가 먼저 상대를 찾을 일이 생기더라

행복은 친절에서 온다
역시 내가 편하자고 다가갔더니
서서히 상대가 편해진다
어차피 이 또한 아닐 거다
근데 내가 만든 분위기 속에 내가 살더라

백수라고 무시 마라

놀다 보니 놀게 됐고
놀고 나니 놓게 됐다
가지고도 공허하니
중요한 게 무어더냐
만족일랑 없다 보니
산다는 게 부에나네
내 것이 다 내 것 되나
네 것인들 영원한가
일 있어야 인생일까
쉬어가도 괜찮거늘
모른다고 잘못인가
알든 말든 처음이지
내려놓고 가라 했고
비워두고 살라 했다
살려줘라 자존심을
'살자'라는 2행시다
무시 마라 백수라고
누구보다 치열하다

좋은 게 좋은 거지

사랑인 것 같다
아닐 수도 있다
중심을 잡아라

보고 싶기도 하다
음 귀찮기도 하다
한숨 푹 자거라

외로움이 밀려온다
괜스레 생각이 난다
지금은 아니다

좋은 일이 생겼다
기쁘고 행복하다
이때가 타이밍

행운 기운이 올 때
절묘하게 사랑도
물어가보자

인생 배전함

손가락 까딱할 힘에는
위대한 기질이 있다
이 생과 저 생 사이는
정해진 경계가 없고
전원 스위치 하나 있다
쉽게 켤 수 있는 스위치라
결국 끌 수도 있는 인생이다
얼마든지 스스로 on과 off를
온화하게 켜고 오붓하게 끄자

마음의 눈

무심코 시선이 멈춰서
고개를 떨구며 지그시 바라보니
창문 틈에 하얀 깃털 하나가
사랑에 주저하는 나처럼 비틀거리네
고개를 들어 서늘한 바람을 향해
비스듬하게 쓱 바라보니
창밖에 자그마한 파랑새가
어수선하게 사랑님 찾아다니네

사랑아 이제 그만 발길을 돌리라는 건가
사랑아 늦기 전에 손길을 보내라는 건가

내 마음대로 세상이 보이는지
내 마음을 읽고 세상이 답하는지

찰나에 보이는 것들은 언제나 의미가 있고
시선보다 마음의 눈이 더 빠르게 알아본다

귀인

사는 게 외로우면
손 내밀어 잡아주고
인생길 고단하면
등 뒤에서 응원하는
너에게 나란 사람
그 정도 인연으로
사랑의 가시 없는
꽃으로 살려 하네
나에게 인연이란
이유가 있었다면
너와 나 인연은
이유가 무엇인지
때로는 너보다도
내가 더 행복해서
꽃길만 열리는
꽃날만 같아서
우리의 인연이
날 위한 거라 생각해

세
상
이
야
기

울다가 웃으면 어디에 뿔난대
실패의 맛
이것도 싫고 저것도 싫다
만사 귀찮아
그까짓 거
사람인지라 외롭다
당신은 무엇을 좋아하나요?
남겨진 여운
지독한 질투심
나 같은 친구
당당한 사람의 눈물
호감이 가는 사람
슬픈 눈망울
여자이니까
꿈은 화려하게
글을 쓰는 용기
하늘을 바라보며

가족에게 애칭을 지어주세요
나만의 웃음소리를 만들어봐요
나만의 유행어를 사용해 봐요
편한 복장으로 자유인이 되어보세요
고민을 글로 적으면서 정리해 보세요
혼자서 몰입해서 생각하세요
걷고 또 걸어보세요

어린아이의 사상에서 정답을 발견하세요
현재 누리는 사소한 현실에 감사하세요
멘토로 삼을 사람을 지정하세요
지키고 키워야 하는 생명을 찾으세요
바라는 목표를 다시 설정하세요
나에게 행운의 물건을 선물하세요
슬픈 영화를 보고 여운을 간직하세요
겸손하게 목표를 정해요
시시한 목표부터 이루세요
머리보다 마음이 원하는 것을 하세요
성공보다 실패를 상상하세요
실패라도 즐길 수 있는 용기를 키우세요
여유로운 분위기를 익히세요
청춘이라는 점에 감사하세요
스치는 생각 모두 기록해두세요
정서에 맞는 예술에 빠져보세요
방황은 끝이 없다고 믿으세요
행복이 절정일 때 결정하세요
최선의 선택을 하세요
스스로 결정하고 스스로 책임지세요
외롭고 힘들 때는 잠시 보류하세요
최후에 행복한 길을 정하세요
응급한 상황을 염두에 두세요
음식이 곧 나의 몸
매일 건강수칙 한 가지는 지키세요

엄살을 부리세요
첫 번째 소원은 건강으로 삼으세요
부담 없는 애교를 연마하세요
동물에게서 매력을 배우세요
먼저 사랑하세요
늘 사랑하며 살아요
사랑의 기운을 느끼세요
솔로일 때는 부모님과 연애를 하세요
전화를 잘하거나, 잘 받거나
부모님에게 희로애락을 다 표현하세요
최신 용품을 하나쯤은 선물해 드리세요
부모님과 같은 연예인을 좋아해 보세요
교감이 되는 사람을 사랑하세요
운명의 짝과 인연을 맺으세요
취미는 필수로 하나쯤 만드세요
자신의 모든 면을 매력으로 승화하세요
사랑받은 기억을 잊지 마세요

복덩이의 방황
그래, 부끄럽지만 계속 방황한다
평생 진로 고민 중
희생과 봉사 사이
너 말고 나를 사랑하기
누구나 글을 쓰는 세상
사람에 대한 존중, 그 자체를 바란다

남달리 철학을 좋아한다는 건
겉은 따뜻해도 속은 차가운 사람
깨달음을 찾는 과정에 머물다
조각 하나 : 책을 통한 이상적인 삶
조각 둘 : 첫사랑을 통한 순수함의 묘미
문득 깨우침의 순간도 온다
인연에는 이유가 없다
주변을 둘러보면
 '고립'
 '자유'
 '거리감'
 '용기'
오늘날의 '정'
 '인품'
 '신념'
행복한 생활계획표
온전히 나의 귀를 위한 멜로디 듣기
포근한 온도로 심신 달래기
무념무상의 세계로 진입하기
"오늘은 좋은 날!"이라고 외치며 기상
밥 먹을 권리 찾아내기
식사 메뉴 결정해 보기
짧은 만남에서 긴 여운 남기기
밤하늘 감상하기

울다가 웃으면 어디에 뿔난대

마음이 슬픈 날 있죠
물론 저도 그래요
주변을 살펴봐도 마찬가지 같아요
이유가 있는 슬픔이 아닌
다 괜찮은데 그래도 슬픈 건가요?
그래요
그런 거면 우리 반성해요
누가 위로도 이해도 못 해주는
이유 없는 슬픔을 간직한다는 건
아까운 세월을 그냥 흘려보내는 것 같아서
이유를 찾든지
어서 마음을 추스르든지

실패의 맛

기대를 했는데
어쩌면 그 기대 이상도 예측했는데
허무하게도
예상했던 결과가 아닐 때
그때 패배감을 느꼈던 것 같아요
이 느낌은 자주 느껴요
사람에게만큼은
기대하는 습관보다는
냉정하게 이해하는 습관을 길러요
가족이 아닌 이상
내 맘 같지 않게 냉정들 해요

이것도 싫고 저것도 싫다

이런들 저런들
다 마음에 쏙 들지 않지요
내 마음에 들게끔
이럴 땐 이렇게
저럴 땐 저렇게
딱 맞게 반응해 준다면
참 좋을 텐데

만사 귀찮아

컨디션이 좋아야 해요
그러면 그나마 견딜만해요
귀찮은 느낌도
결국 마음에서 오는 것 같아요
마음을 다스리기 전에
건강을 다스리면
그나마 기운이 생겨요

그까짓 거

상대가 나를
영원히 배신하지 않기를
바라는 마음이라면
욕심이죠
이해를 해줘요
나도
상대방도
상황이 있고 사정이 있다고
배신 아닌 배신도
늘 가능성이 있지만
기본적인 건
이해할 수 있어야죠

사람인지라 외롭다

누구나 외롭습니다
외로움만큼은
병도 아니고
아주 인간다운 것입니다

당신은 무엇을 좋아하나요?

당신이 원하는 게 무엇인가요
정말 바라는 것을 말씀하세요

외로움이 괴로운 건가요
초라함에 막연한 건가요

어쩔 땐 사랑을 찾고
또 어쩔 땐 미래를 찾는 당신

당신은 온전히
힘들었다고 할 수 있나요
밥은 늘 먹었고
잠도 편히 잤는데
괴로웠다고 할 수 있나요
기본적인 건
다 주어졌기에

그래서 오늘도 우리는
행복한 사람인 척해야겠죠

남겨진 여운

그 사람에게
처음 느낀 감정이 왜
부러움이었나

그 사람에게
이별 당시의 감정이 왜
미안함이었나

그 사람에게
사랑하는 마음은 왜
안겨주질 못했었나

지독한 질투심

가슴에 손 올리고
사랑의 시작이
질투심이었죠

평생에 해야 할
모든 질투를
당시에 다 했었죠

그래서 지독하게 아픈 건
누구도 아닌 나죠

나 같은 친구

나 같은 친구가 없어서
아쉽기도 하지만

나 같은 친구가 있다면
불안할 것 같아요

깊은 믿음으로
사람을 만나지 못해서요

그래서인지
이 고독의 끝이 안 보입니다

당당한 사람의 눈물

그 사람은
슬플 때는 눈물이 나질 않고
억울할 때는 눈물이 난다고 했어요

당시에 대답하지 않았지만
사실 저도 그래요

억울하고 분할 땐
몇 마디 하소연도
목메어 말을 못 해요

분노는
그런 경우에 생겨나요

호감이 가는 사람

깐깐한 제가
사람이 좋아질 때는
잘 생각해 보니

표정
말투

이 두 가지가
마음에 들어야 하는 것 같아요

아주 사소한 부분이지만
인격과 감성이
고스란히 나타나거든요

슬픈 눈망울

눈은 마음의 창이라고 하죠

눈이 예쁘면
그냥 예쁜 거죠

눈이 맑으면
그냥 건강한 거죠

눈빛이 좋으면
그냥 정서가 좋은 거죠

하지만

눈빛이 아련하게 슬프면
전 마음이 너무 아파요

여자이니까

여자들은 가끔
자신의 현실이 힘들 때
결혼으로 인해 극복되기를 바라기도 하죠

결혼이 아니더라도
간절히 바라고 원하다 보면
극복이 되어있기도 하던데요

단시간이냐
장시간이냐

불행이냐
만족이냐

꿈은 화려하게

화려한 꿈을 탐내던
소녀였습니다

평범해 보여도
목표는 언제나 현란했습니다

그랬던 소녀의 현실은
아직도 평범합니다

적어도 세상은

화려한 꿈을 꾸는 사람이
더 많아야 한다고 생각합니다

글을 쓰는 용기

언제나 글을 쓴다는 건
어딘가에는 남겨진 자료라는 생각에

조심스럽고
걱정스럽죠

그래도 메시지를 남기고 싶습니다

취지는 세상의 평화라는
크나큰 바람을 지녔고
생각을 자주 표현하는 건
행동하는 용기라고 생각합니다

하늘을 바라보며

한 번도 뵙지 못했지만
문자를 보낼 수 있다면
제가 감히
행복을 안겨드릴 수 있을지요

사랑님

세상에 남긴 뜻과 정신을
절대로 잊지 않겠습니다

행동하겠습니다

가족에게 애칭을 지어주세요

작명을 배우진 않았지만
인터넷 세상에서
작명 프로그램을 알게 되었어요
이름마다 점수를 알 수 있고
스스로 좋은 이름을 지을 수 있는
간단한 방법이 나와 있었어요
망설임 없이 가족들의 이름을
복 많은 이름으로 애칭 삼았어요
'보석' '이슬' '보물' '백설' '미미'
왠지 행복이 시작될 것 같아요
부르는 이름이라도
복이 듬뿍 담긴 이름으로 바꿔보세요

나만의 웃음소리를 만들어봐요

옆 사람 웃음소리가 재미있게 들리면
따라서 웃어보기도 하잖아요
평범한 웃음소리는 안녕
유쾌하고 재미있는 웃음소리를
의도적으로 만들어서
개구쟁이처럼 웃어보아요
매력적으로 느껴지면
따라서 하는 사람도 생기고
자연스럽게 웃음이 나로 인해
널리 널리 번지게 되겠죠
남을 웃게 해주는 사람이
가장 멋진 사람이라고 생각합니다

나만의 유행어를 사용해 봐요

코미디언 못지않게
대화 속 유행어를
나의 것으로 만들어봐요
물론 저도 있습니다
저는 바보 캐릭터를 사랑해요
어리숙한 추임새를 말끝마다 사용합니다
옆 사람이 반응이 없어도
계속 사용합니다
그러다 다른 사람들의
습관적인 말투나 버릇이 발견되고
점점 유머스러운 삶을 지향하는 자신을
어렴풋이 발견하게 됩니다
재미있는 사람은 최고의 능력자

편한 복장으로 자유인이 되어보세요

눈이 가고 손이 닿아서
오늘은 그렇게
주섬주섬 생각 없이 코디하고
하루를 시작해 보세요
유난히 이런 식의 자유로움을
어릴 적부터 즐겨왔던 것 같아요
실내화를 신고 시내를 활보하기도 했고
욕실화를 신고 무작정 서울도 갔어요
창피함이 아닌
재미난 경험을 하는 즐거움이 컸어요
어른이 된 후 어디에서든
주눅이 들지 않고
남을 의식하지 않는
묘한 자신감이 늘 있습니다

고민을 글로 적으면서 정리해 보세요

종이에 글을 쓰든지
컴퓨터 메모장에 입력하든지
두 가지 경우에서
스트레스 없는 쪽으로 선택한 후
하나씩 적어보세요
현재의 고민에 대해
다양한 각도로 분석해 보세요
글로 적었을 뿐인데
머리가 정리된 느낌이 들어요
해결책도 글로는 적어지거든요
메모하는 습관은
상상 이상으로 영향력이 있어요
완성된 메모를
자고 일어나서 읽어보세요
분명 어제와는 다른 느낌과 상황을 겪어요

혼자서 몰입해서 생각하세요

머리가 터지도록 생각을 집중하고 나면
근본적인 문제는 물론
즉각 해결되지 않아도
걱정이 흐릿해지는
신비로운 경험이 가능해요
걱정거리를 습관처럼 매일
조금씩 나눠서 하는 건 금지요
사소한 근심이 부정적인 생각으로 번지고
그로 인해 일상이 예민해져요
뭐든 그러겠지만
특히나 부정적인 문제점은
집요하게 부딪쳐서
단시간에 털어내야 할 숙제

걷고 또 걸어보세요

마음이 편안해지면
몸을 가뿐하게 움직일 수 있다고
수없이 핑계로 애용해왔나요?
걱정을 품은 힘 빠진 자신을
더 오래 간직하고 싶으신가요?
마음과 몸은 하나!
몸을 적극적으로 움직이면서
활력을 넣어주세요
마음도 연달아 기운이 생기는 건
당연하지만
너무도 당연한 이 원리를
매일매일 이용하는 사람은
진정 심신이 건강한 사람

어린아이의 사상에서 정답을 발견하세요

순수함 속에 진리가 있는 경우가 많아요
비록 걱정을 스스로 단호하게
해결하지 못하고 있더라도
이성적인 계산을 하지 못해서가 아니잖아요
마음 어딘가에서
허락되지 않는 자신만의 본능이
단호하지 못하게 꿈틀거리는 거죠
순수한 어린아이와 대화를 나눠보세요
그 아이의 의견이 때로는
어른보다도 더 정확할 수 있어요
나의 고민을 상담해 주는 사람은
아이든 어른이든
이미 상대의 고민을 들어주는 자체만으로
상담가로서 자격은 충분합니다

현재 누리는 사소한 현실에 감사하세요

사람이 가진 능력 중에
최고라고 생각하는 부분이 있어요
정신적으로 또는 생각을
자유자재로 어떻게 하느냐에 따라
스스로의 감정도 조절할 수가 있습니다
현실을 감사히 생각하고
작은 일을 고마워하다 보면
마음에 감동이 생겨나고
행복한 감정이 만들어지는 거겠죠
이 귀한 능력으로
소중한 나의 감정
그리고 몸과 마음을
스스로 건강하게 지킵시다

멘토로 삼을 사람을 지정하세요

멘토로 삼을 사람을
정하지 못하는 경우는
유독 욕심이 많은 탓일 수 있고
사람에 대한 질투가 심한 탓일 수도 있으며
목표에 대한 호기심이 부족해서 일 수 있어요
적어도 멘토가 있는 사람은
목표를 향해 달리다가
심신이 지칠 경우에
멘토로 인해 의지할 수 있고
포기할 수 없게 불잡아줘요
강한 힘을 장착하고
다시 달릴 수 있어요
그래요 우리는
단거리를 뛰는 선수가 아닌
장거리를 멋지게 달려야 하는 선수잖아요
멘토는 나를 위해 정해두세요

지키고 키워야 하는 생명을 찾으세요

어려운 시절에
자식을 위해 고생하신
우리들의 부모님
그 부모님 덕에
좋은 환경에서 사는 우리
희생이나 책임감이 약한 우리가
사는 게 힘들다고 한다는 건
사치일 수 있지만
우리의 인생도
아직 한마디로 정의하기엔
섣부를 수 있어요
모성애나 부성애는
꼭 자식이 아니더라도
애정이 가는 대상에게서
느낄 수 있지요
희생이라는 건
존재의 이유를 알게 해주는
아주 멋스러운 일

바라는 목표를 다시 설정하세요

바라는 목표를
아주 솔직하게 적으세요
바라는 꿈을
깊은 고민 끝에 정하세요
그래도 이루어지기는
상당히 어려운 일이에요
그럼에도 불구하고
우리는
원하는 것을 이루는 성취감을
꼭 맛봐야겠어요
작은 성취감을 자주 느끼다 보면
성취가 익숙한
희망적인 사람이 됩니다

나에게 행운의 물건을 선물하세요

기적 같은 행운
극적인 행복
이런 것이 아니라면 싫을 정도로
마음이 예민하고 민감할 때도 있죠
그냥은 주어지지 않아요
그래도 다행인 건
시간이 흘러가고
세월은 변해가고
그러는 동안 마음도 성숙해지죠
잘 살아가고 있다는 겁니다
긴 인생 속에서
때로는 고통을 느끼는 자신에게
앞날에 행운이 함께 하라는 의미에서
눈에 들어오고
마음이 열리는
감성에 맞는 선물을 해주세요

슬픈 영화를 보고 여운을 간직하세요

막상 몸이 아프면
이 고통만 사라지면 된다고
애타게 기도하고 빌어 보잖아요
그래요
진심이에요
그 진심은 변함없지만
산다는 게 아픔이 사라지면
또 다른 생각이 드는 걸 어쩌죠
비교하고 경쟁하는 구조라서
치열하게 뺏지 않으면 뺏기는 구도라서
편안하게 살 수만은 없는 세상에서
버티고 싸우는 중인 거죠
잊지 마세요
누군가는 분명히
당신을 응원합니다

겸손하게 목표를 정해요

화려한 꿈을 꾸는 사람보다
작은 약속도 지키는 사람이 멋져요
큰 야망을 가진 사람보다
책임질 수 있는 목표를 지닌 사람이 폼 나요
겸손하게 꿈을 설정하려면
내려놔야 할 것들이 많아요
우선
부모님의 기대나 자신의 욕심을
아주 차분하게 비워두세요
사회에서 인정받기 전까지는
타고난 재능이 유별나다는
거창한 칭찬도 별 소용이 없어요
겸손하게 꿈을 꾸세요

시시한 목표부터 이루세요

큰 목표를 이루려면
우선 이루는 경험에 익숙해지기 위해
시시하고 만만한 목표부터
하나씩 달성해 보세요
그 경험이 분명 버팀목이 되어서
차차 무거운 목표도 정하는 용기가 생겨요
실패감을 느끼고 사는 편 보다
성취감에 익숙하게 사는 편이 나아요
쉽고 어렵고
그런 것은 의미가 없지요
인생에서 실패는
목표가 없는 시간이 마냥 흐르는 것을
아까워하지 않는다는 점

머리보다 마음이 원하는 것을 하세요

내 머리는 나빠서
내 능력 이상의 것을 원해요
내 마음은 착해서
내 능력 이하의 것도 겁내요
그런 거예요
머리로는 과한 욕심도 얼마든지 커지지만
진정 내 마음이 원하는 건
항상 그 자리 그 수준이에요
머리가 원하는 것을 다 하고 난 후
마음을 들여다보는 순서는 틀린 것 같아요
우선은 나를 위해
내 마음이 원하는 대로 해봐요
아주 착하게도
크게 어렵지 않은 걸 원하고 바라잖아요

성공보다 실패를 상상하세요

우리는 어릴 때나 어른이 되어서도
어떤 진로를 정하고 나면
잘 되고 난 후를 상상하고
동기부여를 만들죠
실패했을 때를 생각해 볼 수도 있는데
굳이 아픈 경험은 생각해 보지도 않죠
실패하기 위해서가 아닌
성공하기 위한 거라면
어떤 길을 가려거든
최악의 순간을 떠올리고
그 순간의 방어책까지 그린 후
길을 나서 보세요
계획을 하려거든
이만큼의 대비는 필수인 시대

실패라도 즐길 수 있는 용기를 키우세요

성공이 있으면
실패의 가능성도 있는 법
아니 더 적나라하게 실패도 있는 법
용기 내세요
성공과 실패의 경계에서
늘 무던하게 대응하세요
좌절모드 보다는 용기모드
실패모드 보다는 도전모드
실패의 순간이
더 나은 성공의 발판이 될 수도 있다는 건
살다 보면 자연스럽게 알게 되는 법
실패도 용감하게 받아들이세요

여유로운 분위기를 익히세요

사람에게서 느껴지는
여유로운 분위기는 고급스러워요
방황하고 있을지라도
풍기는 느긋한 자세는 폼 나요
그 사람의 자태에서 나오는 기품은
성격 더하기 내공
뭐든 처음에는 어리숙하고
우왕좌왕 어설프지요
위기의 순간에
어딘가 모르게 여유가 넘치는 사람은
깊은 내공이 있기에 가능해요
이미 처음 겪는 경험이 아닌 거죠
그러므로 방황의 시간도
소중히 감당해야죠

청춘이라는 점에 감사하세요

미래에 대한 고민을
방황이라 한다면
우리는 아직 청춘이라는 걸
확실하게 알려주네요
나이를 떠나서
고민스럽다는 거 자체가
얼마나 모범적인 자세인가요
내일의 일도 모르는 인생길에서
고민은 필수지만
부딪치는 용기가 더 감동이네요
고민 해결이 즉각 안된다고 노여워 말고
고민의 의미를 부정적으로 판단하지도 말고
끊임없이 방황하는 청춘의 삶을 누리세요

스치는 생각 모두 기록해두세요

가장 생각이 많을 때
그 생각을 정리할 필요 없이
무작정이라도 적어두세요
살다 보니 글 몇 자 적어지지 않을 만큼
굳이 생각이 떠오르지 않을 때도 많아요
잡념이라고 무시마요
어쩌면 머리가 복잡할 때가
가장 내공이 깊어지는 타이밍 같아요
지나고 나면
또 단순해지는 순간이 오고
그때는 잡념이 기억나지 않을 만큼
무미건조해요
치열하게 고민하는 스스로를
칭찬하세요

정서에 맞는 예술에 빠져보세요

음악이나 예술 분야는
본인 정서에 따라
취향이 결정되는 것 같아요
억지로 습득하기 싫은 부분이죠
나이가 들수록
점점 더 예술에 대한
자신의 감정은 솔직해지는 듯해요
방황하는 당신이라면
그 정서 그대로가 예술이에요
당신의 정서와 교감이 되는 예술에 빠지세요
자신의 감각이
최대치로 늘어나는 효과와 함께
예술을 즐기는 맛이
최고인 순간입니다

방황은 끝이 없다고 믿으세요

방황은 시작과 함께
끝이 나는 것이 아닙니다
끝나는 방황이라는 건
있을 수 없어요
리듬처럼
흘러가는 겁니다
어차피 다른 방황의 시간이
연이어 생길 수 있다는 거라면
현재의 방황에
더 몰두하는 것도
억울하지 않은 방법 같네요

행복이 절정일 때 결정하세요

외로울 때
선택의 순간이 오는 건지
결정의 순간에
외로워지는 건지
모르겠지만
우리는 때때로
힘든 순간에 반전을 결정하는
선택을 해야 할 때가 있어요
절대로 그 순간에
중요한 결정은 내리지 마세요
스스로가
마음이 편안하고
행복한 일상일 때
선택하고 결정하는 편이 옳아요

최선의 선택을 하세요

이 순간이 지나고
오랜 시간이 흘러도
내가 스스로 결정한 선택에
전혀 후회하지 않을 순 없어요
그래도 다시 그 순간에
같은 선택을 할 수가 있을 만큼
최선의 선택이 분명 있지요
주어진 여건이 있고
정해진 상황이 같다면
일정한 정서의 사람으로서
선택은 일정해야 맞죠
최고의 선택지도 알고
최선의 선택지도 알지만
선택으로 인해
인생이 극적으로 변하는 건
아니라는 점

스스로 결정하고 스스로 책임지세요

누구를 위해서
또는
어쩔 수 없다는 이유로
결정을 내리는 건
스스로 책임을 회피하기 위한 건가요
아니면
아주 순하고 착한 건가요
결국은
사람 나름인 것 같아요
매사에 나를 위한 결정을 하고
내가 한 그 결정에 책임을 지는 사람은
적어도 반대의 경우보다
스트레스가 적을 겁니다

외롭고 힘들 때는 잠시 보류하세요

선택을 누가 강요하나요
날짜가 정해진 게 아닐 경우가
훨씬 더 많을 테지요
보류할 수 있다면
미뤄두는 여유도 필요해요
외로울 때도
힘들 때도
올바른 선택을 하기에는
불리한 조건입니다
일상 속에서
마치 운명처럼
깨달음이 생겨나는 경우도 많아요
휴식이 주는
좋은 영향력이 있어요

최후에 행복한 길을 정하세요

'행복'이라는 단어
소원을 빌 때만 쓰진 않지요
바라는 미래를 떠올릴 때
보통 건강이나 행복을 꺼내죠
선택의 순간에
1차원적인 결과를 떠나서
결국은
행복한 길로 가는 선택지가
눈에 보인다면
망설임 없이 그 선택지가
행복을 안겨준다고 믿고
의심하지 마세요
선택의 순간순간은
행복한 꽃길을 안내해주기 위한
절호의 기회입니다

응급한 상황을 염두에 두세요

5분 차이로
생사가 결정 나는 경우도
분명히 있습니다
공기 좋은 곳도 좋지만
저는 병원 가까운 곳이 마음이 편해요
글쎄요
겪어보니 그래요
건강에 대한 어르신들의 말씀도
다양하게 많지요
그렇죠
겪어보셔서 그래요
아프란 법 없지만
안 아프라는 법도 없지요
응급 시에 필요한 매뉴얼을
꼭 만들어두세요

음식이 곧 나의 몸

독을 먹으면
독 먹은 몸이 되고
보약을 먹으면
보약 먹은 몸이 되겠죠
먹는 거 따로
건강은 따로이길 바라는 사람은 미워요
좋은 음식이 곧
건강한 몸을 만든다는 게
누구나 아는 사실이라면
받아들이도록 해요
때로는 자기만의 논리로
건강에 대한 명언이 툭 튀어나오죠
귀여운 투정은 그만

매일 건강수칙 한 가지는 지키세요

건강 정보는
수없이 많지만
계획하고 실천하며
당장 받아들이기가 어렵죠
건강수칙을 꾸준히 지켜내기가
왜 이리 어려울까요
하나만 하기로 해요
배부른 상태에서는
소식하기로 마음을 먹는 법이고
컨디션 좋은 상태에서는
운동하기로 마음을 먹는 법이죠
너무나 귀엽지만
건강은 독하게 지켜냅시다

엄살을 부리세요

아픈 사람 무시하는
못된 사람이 얼마나 있겠어요
조금만 아프면 아프다고
투정 부리는 사람이 더
보호받는 법이에요
묵묵히 참을 게 따로 있죠
주변 사람들한테
온정만큼은
엄살을 부려서라도
받아내는 경험을 해보세요
당신은
그럴 자격이 충분합니다

첫 번째 소원은 건강으로 삼으세요

소원을 빌 때
과연
이 소원이 이루어질 가능성이
매우 크다면
그래도 우리는
건강만을 소원으로 빌까요
순간적으로
눈에 보이는 행운을
소원으로 빌고자
고민이 스치기도 해요
잠시라도 흔들리지 마세요
분명한 건
건강이 최고의 선물이고
행운입니다

부담 없는 애교를 연마하세요

남자든 여자든
본인 특유의
애교나 매력을
적재적소에 꺼내면
사랑스럽죠
사랑을 받으려면
가만히 있지 말고
수단을 찾아야겠죠
외모를 치장하는 것보다
조건을 키워내는 것보다
매력을 가꿔내는 것이
마법처럼
사람에게 사랑을 받는
신비한 기술

동물에게서 매력을 배우세요

고양이든 강아지든
그들이 지닌
사랑스러운 면은
메모하며 적고
연습하면서
보고 배워야 합니다
사랑받기 위해
매력적이고 싶으면
누굴 통해서든
본능적으로 매력을 발굴하고
그 매력을 이해할 줄 알아야 해요
자기 것으로 습득하는 건 선택
사랑받고 싶다는 건
사랑에 대한 욕심을 부린다는 거죠

먼저 사랑하세요

사랑을 받으려거든
먼저 사랑을 주세요
주고 나서 반응은
운명에 맡겨요
자괴감에 빠지지 말고
자존심 상해하지도 마요
언제나
굴하지 말고
먼저 사랑하세요
받는 사랑을 하는 기쁨도
선택한 사랑이 있는 경우에
따라오잖아요
사랑을 받는 것이 목표라는
수동적인 마인드는 점차
적극적인 마인드로 변해갑니다

늘 사랑하며 살아요

초등학교가 6학년까지 있죠
저는 학년이 바뀔 때마다
좋아하는 사람이 바뀌었던 것 같아요
그리고 그 후로도
언제나 누군가를 사랑하고 있어요
오랜 친구가 저에게 이런 말을 했어요
어딘가 모르게
보호받는 사람처럼 보이고
늘 누군가가 곁에 있는 것 같다고요
짝사랑을 즐기는 삶인데
보통의 사랑을 하는 친구들보다 더
사랑 면에서 성공한 사람처럼 보인다는 건
제가 터득한
최고의 마법입니다

사랑의 기운을 느끼세요

날씨가 맑으면 맑은 대로
비가 오면 오는 대로
눈이 내리면 내리는 대로
밤에 별이 보이면 보이는 대로
그래요 그런 거예요
어느 순간에는
자연의 현상 모두가
나를 위해 돌아가는 느낌이 드는
신비로운 경지에 도달하기도 해요
착각이든 망상이든
그건 중요하지 않아요
그 느낌은
충분히 좋은 기운이에요

솔로일 때는 부모님과 연애를 하세요

나이가 들수록
외로움이 커진다는 것을
잘 알면서도
부모님이 얼마나 외로우실지
생각을 못 한다면 미워요
연애를 하든
결혼을 하든
아직은 누릴 수 있는 게 많은 자식으로서
솔로일 때는
드라이브도
맛집 여행도
부모님을 챙기세요
효도라는 건
평소에 하는 거잖아요

전화를 잘하거나, 잘 받거나

둘 중에 하나는 하세요
부모님과의 전화는
최소한의 효도입니다
바쁘다는 이유는
소용없어요
부모님도 바쁘십니다
좋은 일이 있어야만
전화드리는 것도
틀린 겁니다
부모님이 자식 목소리를
듣고자 하시잖아요
잊지 못할 실수는
큰 사건이 아니라
사소한 일상에서 일어나는 법

부모님에게 희로애락을 다 표현하세요

자식을 키우는 부모님은
이미 자식으로 인해
트러블을 겪어 오신 분이에요
이제 와 다 큰 어른처럼
좋은 모습만 보인다고 해서
걱정 없이 마음 편하게
바라보시진 않을 테지요
언제나 자식은 걱정이지요
자식으로서 차라리
기분 다 표현하고
감정을 다 드러내봐요
부모님이 자식 키우는 참 재미를
느끼실 수 있도록
부모님 스스로의 존재감을
잃어가지 않으시도록

최신 용품을 하나쯤은 선물해 드리세요

부모님은 우리들이 쓰는
유행 물품을
다루기 어렵다는 이유로
사양하시는 것 같지만
친구들과 모인 자리에서
자식들이 선물해 준
최신폰 하나에도
기가 살고
행복을 느끼십니다
유행하는 물건 하나쯤은
어색하셔도 지녀보시도록
선물해 드리세요
젊은 감각은
자식이 길러드리는 겁니다

부모님과 같은 연예인을 좋아해 보세요

부모님이 어느 연예인을
팬으로서 좋아하시는 모습을
자식으로서 즐겁고 감사히 받아들이세요
함께 그 연예인을
좋아하도록 하세요
부모님이 좋아하는 연예인을
직접 만나보실 수 있도록
모시고 다니세요
사람과 사람 사이는
유대감이 가장 중요하듯이

교감이 되는 사람을 사랑하세요

혼자서는 살 수가 없고
사람을 만나면서 살다 보니
굳이 말하지 않아도
또 눈으로만 보아도
감정이 전달되고
감성이 일치하는 사람을 만나요
그 사람과의 만남은
다른 사람보다 훨씬
풍요로운 감정이 꽉 차요
나와 교감이 되는 사람을
마음 깊이 사랑하면
행복이 감도는 체험도 가능해요

운명의 짝과 인연을 맺으세요

친구의 연
연인의 연
모두 인연이지요
그런데
운명이 뭔지 모르겠으나
혹시 모르는
운명스러운 것이 느껴지는
그런 인연이 있어요
머리가 아닌
마음으로 맺어진 인연
적어도 그런 인연은
함께 있으면 두 배로 행복하고
멀리 있어도 힘이 나는
그런 소중한 만남이죠

취미는 필수로 하나쯤 만드세요

현실적인 이유가 있든지
아니면
이유가 없기도 해요
취미가 없는 사람도
분명히 있거든요
지금부터라도
행복을 느끼고자 한다면
나만의 취미를 만들어봐요
저 또한 약 30년을 살면서
취미가 전혀 없었어요
그러나 지금은 확실하게 있어요
취미를 기준으로 살펴보니
과거보다 현재가
더 행복합니다

자신의 모든 면을 매력으로 승화하세요

내가 가진 단점
내가 지닌 콤플렉스
유행이 아닌 외모든
남다른 분위기든
다 좋아요
그게 매력이에요
왜 바꾸고 고치려고만 하나요
미인의 기준이
언제나 일정하든가요
그 기준이
불변이라면
고치는 쪽으로 추천하지만
아무런 의미 없고 가치 없는
기준에 의한 거라면
자신 그대로의 장점과 단점을
사랑하세요

사랑받은 기억을 잊지 마세요

어릴 때부터 지금까지
누군가에게서
애정이나 사랑을 받으셨잖아요
일생을 살면서 한 번이라도
사랑을 받은 기억이 있다면
잊지 마시고 떠올리세요
삶 전체 중에서
사랑의 양이
과거에 집중되기도 하고
미래에 집중되기도 해요
우리는 사랑받기 위해
세상에 태어난
귀하고 소중한 사람입니다

복덩이의 방황

꿈도 많고 욕심도 많던 나
집에서는 복덩이라 불리며
운도 좋아 보이고 늘 밝은 기운이 감싸던 나

나이는 숫자라지만
나이가 들수록 느껴지는
인생의 묘미에 대해 즐기고 있지요

맞다
난 애인이 없고 직업도 없다
맞다
난 그 와중에 너무도 당당하다
아니다
난 무기력한 건 절대 아니다
아니다
남들에 비해 실패한 삶은 결코 아니다

그래, 부끄럽지만 계속 방황한다

백수에게 가장 난감한 순간이 있다면....

"요즘 뭐하고 지내?"

'저 질문이 가장 곤란해
내가 이래서 사람 만나기 싫다니깐
뭘 뭐하고 지내
누구나 그렇듯 숨 쉬고 밥 먹고 움직이고
그러면서 사는 거지
머가 궁금한 건데?
나는 너 뭐 하는지 하나도 안 궁금해
왜 사람 불편하게 그런 질문을 하고 난리야
일적으로 뭐 하냐는 질문 같은데
거짓말 칠 수도 없지만
체면이 안 사는 느낌도 들고
에라 모르겠다'

"사업 구상 하나 하고 있어"

평생 진로 고민 중

진로에 대한 고민을 오래 하다 보니
사람들이 주변에 없고
혼자 남아서 떠도는 듯한 느낌이
썩 유쾌하지 않다
이제 생각해 보면 나는
꿈이 없었다
꿈이 없다고 하면
희망이 없는 사람처럼
목표도 없는 사람처럼
그렇게 보이겠지만
직업적인 부분에서 꿈이
확실하게 존재하지 않았다
거기서부터 남들과 다른 시작이다
어려서부터 어떤 직업군을 봐도
딱히 부럽거나 멋져 보이지 않았다
그럴 수도 있다
나에게 가슴 뛰는 일은
누군가의 아내, 누군가의 엄마
이런 존재감이었다

희생과 봉사 사이

상대를 위해 애쓰는 마음
그런 하루하루가 좋았다
그렇게 시간을 쏟아온 나는
이제 와서 후회도 한다
어느 누구도
나에게 보상이 없었다
정성을 쏟은 내가 바라는 건
고맙다는 말
사람을 만나면
마음이 먼저 가고 행동도 움직인다
어쩌면 그렇게도
안쓰러운 부분이 먼저 보이는지
그 부분을 달래주고 싶어서
섬세하게 애정을 쏟았다
고맙다는 말을 바라기 시작한 건
얼마 되지 않았다
워낙 외롭고 초라해지다 보니 느낀
보상의 욕구였다

너 말고 나를 사랑하기

때로는 삶에 대한 고민이
무슨 의미가 있겠나 싶고
이제 상대에게 기대를 말고
내 길을 찾고 나를 위해 살자는
다짐을 하기도 한다
그러나 너무 오랜 시간
본능적으로 헌신하는 버릇이
고집스럽게 남아있다
이렇게 이야기하면
세상 착한 사람 코스프레를 하는 건 아닌지
의심할 수 있지만
착하다는 기준도 모호하기에
그냥 100프로는 아니더라도
어느 정도 충분한 진심이 아닐까 싶다
누구나 나처럼 삶의 긴 여정 중에
머뭇거리는 시점에 있는 경우가
분명 많을 거라고 믿는다
누군가는 어떠한 의미를 발견하고
보이지 않는 귀한 힘을 얻어갈 것이다

누구나 글을 쓰는 세상

글로 표현할 땐
온전히 진심이고 싶지만
진심을 확실히 전하는 방법이 어려워서
말과 글이 다소 변형될 수 있다
하지만
최대한 왜곡되지 않기를 바라는 마음이다
어떤 이들은
무슨 감정에 대해 그렇게 길게 논하는지
왜 그런 생각들을 분석하고 파헤치는지
함께 공감을 해서 무엇이 얻는다는 건지
아무런 의미를 못 찾을 수도 있다
하지만 그 의견에 대해
이해는 하지만 인정은 못한다
그런 사람들도 언젠가는
생각에 생각이 뒤덮인 시간을 겪게 되고
누군가의 철학이 삶의 힌트가 되어
다시 회복되고 치유받는 순간이 온다
서로서로 다르기에 무시할 것도 없이
이해해 주면 된다

사람에 대한 존중, 그 자체를 바란다

난 학창 시절에
공부는 안 하고 채팅을 좋아했다
새로운 사람과 대화하는 재미는
설렘 그 자체였다
신기하게도 그들은 나의 말재간에
와르르 넘어오기 시작했고
여유 있게 새로운 화법을 선보였다
나에게는 채팅에 이어 번개팅 문화도 역시
설렘 그 이상이었다
다행스럽게도 착한 사람들만 접했고
자신감과 친화력을 충분히 얻었다
처음 본 사람에게 관심을 베풀고
사람에 대한 관찰력이 형성됐다
어릴 때는 그 점이 훌륭한 강점인 줄 알았다
내 곁에는 늘 다양한 사람들이 많았고
주선자의 역할도 능숙하게 해냈다
그러다 점차 나의 내면이 변했고
점차 인간관계에서의 실패라는
후폭풍을 제대로 맞았다

남달리 철학을 좋아한다는 건

사람에 대해 궁금해하는 건
수없이 경험으로 겪어도
정답을 찾을 수 없는데
천천히 해도 될 고민을
너무도 일찍 시작했다는 점

허망한 시간을 겪어야 한다는 것이
때로는 아쉽기도 하다

마음의 질서는 무너졌고
인생의 위기를 접하면서
극복은 한동안 멀어졌다

겉은 따뜻해도 속은 차가운 사람

나 역시 사람을 좋아한다
그럼에도 관계를 소중히 생각하는 건 아니다
아이도 좋고 어르신들도 좋지만
상대에게 깊게 관여하기를 꺼려 한다
나 역시 정겹고 따뜻하다
그럼에도 종종 냉정하게 연을 끊어낸다
언제나 친절하고 상냥하지만
상처가 두려워 사람과의 거리를 둔다
나 역시 상대에게 먼저 마음을 준다
그럼에도 늘 은연중에 자신을 보호한다
섬세한 마음을 잘 포장하지만
깊은 애정은 쉽게 표현하지 못한다
나는 사랑에 대해서는 미소를 짓고
인연에 대해서는 물음표를 그린다
결국
사랑에 대해서는 긍정적일지라도
사람에 대해서는 부정적이라는 것

깨달음을 찾는 과정에 머물다

자연을 통해 대화하고
하늘을 보면 위로받는다

동물과 함께 교감하고
예술에 빠져 감성을 얻는다

사람들 사이에서 살다 보면
얼추 스쳐 가는 사건들과
비슷한 경험으로 얻은 지식이
뇌리에 쏙쏙 박혀가며
성장이라는 과정을 겪는다

조각 하나 : 책을 통한 이상적인 삶

나에게는 지난 세월 동안에
몇 개 안되는 기억이 존재했고
그 기억 조각들이 서로서로 끼워지며
내 인생 퍼즐이 완성되고 있다

처음으로 읽은 책
<유관순> 그리고 <헬렌켈러>

아름다움이라고 느끼는 감각이
이 책 속의 인물들로 인해 정해졌다
용기와 희생
진정으로 배우고 승화시키기가
힘든 현실이라는 점이 아쉽지만
어떤 방식으로라도
양심과 행동으로 꼭 갖춰야 할
두려움과 싸우는 약속 같은 것

조각 둘 : 첫사랑을 통한 순수함의 묘미

정신적인 사랑에 대해 지치지 않고
서로의 성장을 응원하는 올바른 자세
또 아무런 결과가 없을 수 있다는 모험

그래도 추억이 없는 사람보다는
추억이 있는 사람이 되었고
떠올리면 늘 그 세월을 보상하며
감동을 느끼고 스스로를 위로한다

사랑의 경험이 부족해도
늘 여유롭게 보이는 특수효과 같은 것

인생에서 얻은 인연의 조각 2~3개조차도
큰 그림에 끼워 넣기가 너무도 어려운 법

문득 깨우침의 순간도 온다

세상은 연결된 인연으로 인해
절대 혼자가 아니라고 한다
유명한 진리가 살짝 이해될 때
마음이 채워지고 깊어진다
지금 누리고 있는 이 행복은
다른 누군가가 포기하고 내게 전해 준
귀한 선물일 수도 있다
그렇기에 눈앞에 인연에게
열정을 다해 사랑을 주고 또 주고 계속 주고
그래도 돌아오지 않을 수 있다
어쩌면 늘 줘야 하는 지도 모른다
답이 없더라도 말이다
나와의 인연 관계는 이미 답이 나왔고
그 이상에 대해 기대하면 안 된다
그래도 무방하다 왜냐면
때로는 나에게 다른 인연이 생기고
그 인연 또한 누군가의 인연이다
운명처럼 나에게 나타나 편안하고 자연스럽다
그냥 내 곁을 내주면 된다

인연에는 이유가 없다

마음이 닿아서 인연인지
인연이라 마음이 닿은 건지
잘 몰라도 된다
거리가 가깝거나 멀거나
생각이 같거나 다르거나
모습이 닮거나 안 닮거나
추억이 있거나 없더라도
이유가 없이 모든 게 인연이다
지나가던 길에
어깨에 낙엽이 떨어진 순간도
내게로 온 인연이다
정해진 건 없기에
원망할 것도 없다

'인연'

언제나 또 누구에게나
풋풋한 설렘이기를
간절히 빌어본다

주변을 둘러보면

세상의 변화를 음미하는 습관이 있다
깨달음을 발견하고 싶은 욕구다
요즘 유독 사람들에게서 느껴지는
묘한 분위기가 있다면
타인과의 관계성에 피로감을 느끼고
쿨해지는 사람들이 늘었다고 체감한다

'고립'

자의든 타의든
점점 냉랭 해져가는 사람에 대한 태도
자꾸만 식어가는 기대감과 의존성
서로에게 하는 인사는
'안녕하세요'라는 말보다
표정을 통해 더 느끼는 교감인데
따뜻한 눈빛에 어우러진 인사가
낯설거나 혹은 불편하거나
갸우뚱하게 만드는 인사의 의미
사람을 만나면
나의 인맥이자 내 편
이런 식으로
연결된 끈을 더 강하게
또는 견고하게
완성 시켜보려는 의지를 품던
지난 인연의 공식에서 벗어나
너는 너, 나는 나
우리라고 정하는 건 아주 특별한 경우일 뿐

'자유'

믿을 수 있는 것만 믿고 싶고
얻을 수 있는 것만 탐내려는
온전히 마음과 마음 사이에서
자연스럽게 생긴 변화에 대해
옳지 않다고 말할 수 없다
혼자가 편하다는 말이
서서히 공감되고
편안함 그리고 안정감이
감정에서 중요한 것이 되었다
좋은 것도 있지만 분명
불편한 것도 있는
복합적인 개념을 권유하는 식의 발상은
자칫 큰 오해를 유발하는
선 넘는 행위가 되어버렸다

'거리감'

가족일지라도
부모님의 입장에서 자식에게
"시집가거라~ 장가가거라~"
잔소리가 아닌 잔소리는 더 이상
사랑의 조언이 아닌 듯한 현실이다

낯선 인물에 대한 두려움
어색한 관계에 대한 걱정
또 다른 환경에 대한 실패 요인 등
여러모로 부담을 동반하고 있다

당연하듯 부모가 자식에게 해오던 말이
자식의 입장에서 버겁게 느껴지기에
가족 안에서도 적당한 선이 있고
독립적인 요소가 세밀하게 존재한다

우리는 자연스럽게 또한 서서히
서로의 선을 지켜주는 변화에 서 있다

'용기'

누구를 만나도 어디를 가도
과감할 수 있는 것도

어떤 상황에서도 해결점의 목전에서도
용감할 수 있는 것도

자신의 기억과 싸움이다

우리에게는 과거의 기억이
순간의 선택을 향해서
매번 영감으로 작용된다
그래서 좋은 것만 기억하라는 말도
행복한 순간을 잊지 말라는 말도
책임을 다해줄 수 없는
대화 속에 버무려지는 가벼운 것
힘든 건 잊으라는 말도
복잡하게 생각할 필요 없다는 말도
결정을 방해할 수 있는
대화 속에 버무려지는 단순한 것

오늘날의 '정'

스스로 자신을 보호하듯이
상대도 자유롭게 해주려는 성미
그 성미는 분명
차갑지만은 않고 자국이 없는
새로운 공감대 형성
과연 우리가
사람과 사람 사이에서
그리운 것이 있다면
의례적인 온정인지
아니면
어긋나지 않은 태도인지
도대체 우리는
계속해서 무엇이 아쉬운 건지
어렵다 어렵지만
대화 중 꺼낸 말 한마디가
어떤 의미로 전달되는지에
고민과 습관이 섞이는 과정이 곧
보이지 않은 내공으로 축적된다

'인품'

현실에서는 알기 쉬운 능력치로
사람을 비교하고 평가한다
얼마나 높은 곳에 멀리 도달했는지에 따라
사람에 대한 기준치가 생기고
성공 여부와 능력을 평가한다
하지만 거기서 끝이 아니다
덩달아 겸비하고 있을
그 사람의 내면에 대해 기대한다
홀딱 깨는 순간도 있다
사람은 위치보다도 그 사람의 방향감각이 더
중요한 것이 될 수도 있다
은연중에 길이와 높이로
사람을 구분했을 수 있다
자료화가 되어있고 수치를 볼 수도 있기에
자격을 규정하기가 쉽다
그래도 결국 사람의 가치는
내면의 넓이와 깊이다
자격이라 증명될 수 없을 정도로
고난도의 인격

'신념'

확고하게 한마디쯤 정해두는 것이
자신을 심플하게 표현하기 좋고
혼란스러운 감정을 단정하게 한다
불편스러운 순간에 과감하게
단축키 역할을 해주기도 한다
신념을 정하는 경우에
아주 인색한 편인
나와 같은 사람도 많이 존재한다
그래도 괜찮다
신념은 말이나 글로 정하기 전에
이미 내면에 새겨져있다
꺼내서 표현하지 않았을 뿐
늘 신념을 바탕으로 우리는
바라보고 향하고 쫓아가고 있다
누구에게나 있는 신념에 대해
존중하는 마음이면 된다
우리는 더할 나위 없이 충분하고
우리는 어마어마하게 잘하고 있다
우리는 얼마든지 무궁무진하다

행복한 생활계획표

하루는 24시간
누구에게나 주어진다

행복해지기 위한 계획을
촘촘히 짜본다면
우리의 하루는 더 행복할 수 있을까?

일상에서 조금 더
웃을 수 있는 기회를 발견하기 위한
마법 같은 계획표를 완성해 보자

온전히 나의 귀를 위한 멜로디 듣기

수없이 흘러나오는 메시지를
굳이 의도하지 않아도
귓속으로 전해지는 상황의 연속
수신차단 기능도 없이
스팸처리 기능도 없이
조건 없이 듣는 일로 인해 지친
귀만의 휴식 시간을 내주자
늦은 밤 또는 잠들기 직전의 새벽
자연소리도 좋고
편안한 멜로디도 좋다
귀에게 포커스를 맞춰 시간을 만들자

포근한 온도로 심신 달래기

오감 중에서도 촉감이 주는 힐링
침구로 인해 느껴지는 포근함
그리고 따스한 온도
촉감마저 달랠 수 있는 여유로 인해
인간의 기본 욕구가 충족됨으로써
우리는 안도감을 누린다

무념무상의 세계로 진입하기

인간은 생각할 수 있기에
얻어낼 수 있는 효과 중에서
매우 특별한 부분이 있다
그것은 '감동주사'
내면에서 감동을 느끼면
수명을 연장시킬 수도 있는
몸에 굉장히 좋은 반응이 생긴다
비타민과는 또 다른 영양분
매일매일 감동받을 수 있는 순간은
간단하게 기대하기는 어렵고
감동의 강도마저 형용하기 어렵다
하지만 인간의 지혜로
얼마든지 자유자재로 상상할 수 있다
머릿속으로 그리는 형상과는 또 다른
심장을 향해 감각을 살려내는 듯한
나만의 최면
나와 연관된 감동적인 순간을 그려보면
스스로에게 값진 에너지가 채워진다
그로 인해 무념무상에 진입되어 쉼이 된다

"오늘은 좋은 날!"이라고 외치며 기상

좋은 멘트는 좋은 기운을 부르고
나쁜 멘트는 나쁜 기운을 부른다

그저 단축키처럼 생각하면 된다

아침에 눈을 뜬다는 행복감에 더하기를 하여
행운을 불러오자
나를 위한 주문을 아주 쾌활하고 당차게
"오늘은 행복한 날이네~"
멘트를 하는 순간
더는 희망 사항이 아니다
말이 곧 씨가 된다는데
더더욱 굳게 결정타를 날리자
어정쩡한 느낌으로 시작하는 날보다
확고한 긍정적인 느낌으로 시작하자
말 한마디의 기적을 믿음으로써
소소하게 행복해질 수 있다

밥 먹을 권리 찾아내기

먹기 위해 산다는 입장이 때로는
장난 반 진심 반이 되는 것처럼
하루 중 음식을 먹는 시간은
현실적인 행복이 다각도로 와닿는다
스토리를 넣어보자
하루 2끼든 3끼든
식사를 하는 이유를 만들자
그로 인해 나의 권리를 누리는 습관
예를 들어
오늘의 메뉴는 고기
"난 열심히 일했으니까 특식이다!"
이런 스토리텔링 하나로 인해
식사하는 것에 이유가 생기고
내가 나에게 권리를 줌으로써
기분 좋은 느낌이 생생해진다
사소한 습관이 하루가 되고
성격이 되면서 인생을 좌우한다

식사 메뉴 결정해 보기

식사 메뉴를 정하는 일에
부담 없이 접근하는 사람이 있고
상당히 어려워하는 사람도 있다
별일 아닌 경우다
하지만 사소한 경험조차
안 하던 버릇만 계속되면
못하게 되는 것이다
남들과 함께하는 식사의 메뉴
나도 한번 정해보자
그리고 가장 중요한 스킬은
나의 입맛을 가장 우선시하는 특권
어떤 물질을 소유하기 위한 결정에서도
최우선시해야 하는 척도는
내 감정이고 취향이라는 것은 쉽고 당연하지만
습관이 안된 사람도 많이 봤다
나를 위한 선택의 연속이 중요하다
스스로를 대우해 주면
은연중에 남의 대접을 받게 된다
귀한 사람이 되는 정신 수양 중 하나다

짧은 만남에서 긴 여운 남기기

친목이나 사회활동을 위해
사람을 만나는 시간도
나를 위한 의미 있는 일정이다
마음의 자세는 늘
자신이 중심이 되도록 암시를 걸자
누군가를 만났을 때
상대방의 뇌리에 여운을 남기자
말은 쉽다 확인할 길도 없다
그래서 가장 빠른 방법은
눈에 보이지 않고 느린 법이다
미세한 자극이 계속된다면
도저히 무시할 수 없고
신경이 쓰이듯이
여운도 마찬가지다
지나치지 않은 표정이나 눈빛을 쏘자
사람을 기억하고 그리워하는 경우는
스토리가 아닌 한 장면일 때가 많다
매력적이라는 평가는 중독성이 있어서
의식적으로 더 매력인이 되려고 한다

밤하늘 감상하기

별 그리고 달
때로는 비행기가 지나가는
밤하늘을 바라보자
긴 시간이 들지 않는다
복잡한 생각도 사라진다
저마다 감정이 있겠으나
확실한 교감은 어렵다
눈에 보이는 대로 가 아닌
보이지 않는 것을 음미하는 일
밤하늘을 만나는 시간은
묘하게 의미 있다
가려지고 숨어있는 것들에 대해
숨 쉬듯이 알아가려는 자세를 갖자
겉모습은 어려지고
속내는 깊고 성숙해지는
아주 신비로운 마법이다